e

Das langweiligste Buch der Welt.

Reclam XL | Text und Kontext

Annette von Droste-Hülshoff
Die Judenbuche

Ein Sittengemälde aus dem gebirgigten Westfalen

Herausgegeben von Yomb May

Reclam

Der Text dieser Ausgabe ist seiten- und zeilengleich mit der Ausgabe der Universal-Bibliothek Nr. 1858. Er wurde auf der Grundlage der gültigen amtlichen Rechtschreibregeln orthographisch behutsam modernisiert.

Zu Annette von Droste-Hülshoffs *Die Judenbuche*
gibt es bei Reclam
- einen *Lektüreschlüssel für Schülerinnen und Schüler* (Nr. 15305)
- *Erläuterungen und Dokumente* (Nr. 8145)
- eine Interpretation in: *Erzählungen und Novellen des 19. Jahrhunderts II* in der Reihe »Interpretationen« (Nr. 8414)

E-Book-Ausgaben finden Sie auf unserer Website
unter www.reclam.de/e-book

Reclam XL | Text und Kontext | Nr. 19162
2014, 2016 Philipp Reclam jun. GmbH & Co. KG,
Siemensstraße 32, 71254 Ditzingen
Gestaltung: Cornelia Feyll, Friedrich Forssman
Druck und Bindung: Canon Deutschland Business Services GmbH,
Siemensstraße 32, 71254 Ditzingen
Printed in Germany 2018

ISBN 978-3-15-019162-0

Auch als E-Book erhältlich

www.reclam.de

Die Texte von Reclam XL sind seiten- und zeilengleich mit den Texten der Universal-Bibliothek.
Die Reihe bietet neben dem Text Worterläuterungen in Form von Fußnoten und Sacherläuterungen in Form von Anmerkungen im Anhang, auf die am Rand mit Pfeilen (↗) verwiesen wird.

Wo ist die Hand so zart, dass ohne Irren
Sie sondern mag beschränkten Hirnes Wirren,
So fest, dass ohne Zittern sie den Stein
Mag schleudern auf ein arm verkümmert Sein?
Wer wagt es, eitlen Blutes Drang zu messen,
Zu wägen jedes Wort, das unvergessen
In junge Brust die zähen Wurzeln trieb,
Des Vorurteils geheimen Seelendieb?
Du Glücklicher, geboren und gehegt
Im lichten Raum, von frommer Hand gepflegt,
Leg hin die Waagschal', nimmer dir erlaubt!
Lass ruhn den Stein – er trifft dein eignes Haupt! –

Friedrich Mergel, geboren 1738, war der einzige Sohn eines sogenannten Halbmeiers oder Grundeigentümers geringerer Klasse im Dorfe B., das, so schlecht gebaut und rauchig es sein mag, doch das Auge jedes Reisenden fesselt durch die überaus malerische Schönheit seiner Lage in der grünen Waldschlucht eines bedeutenden und geschichtlich merkwürdigen Gebirges. Das Ländchen, dem es angehörte, war damals einer jener abgeschlossenen Erdwinkel ohne Fabriken und Handel, ohne Heerstraßen, wo noch ein fremdes Gesicht Aufsehen erregte, und eine Reise von dreißig Meilen selbst den Vornehmeren zum Ulysses seiner Gegend machte – kurz, ein Fleck, wie es deren sonst so viele in Deutschland gab, mit all den Mängeln und Tugenden, all der Originalität und Beschränktheit, wie sie nur in solchen Zuständen gedeihen. Unter höchst einfachen und häufig unzulänglichen Gesetzen waren die Begriffe der Einwohner von Recht und Unrecht einigermaßen in Verwirrung geraten, oder vielmehr, es hatte sich neben dem gesetzlichen ein zweites

---

13 **Mergel:** Sedimentgestein aus Ton mit Kalkablagerungen, wurde früher fälschlich zur Düngung verwertet, was jedoch den Boden auslaugte (»ausgemergelt«) | 19 **Gebirges:** des Teutoburger Waldes | 23 **Ulysses:** Nebenform zu (lat.) *Ulixes*, (griech.) *Odysseus*, im griechischen Mythos König von Ithaka, der aus dem Trojanischen Krieg erst nach langen Irrfahrten in seine Heimat zurückkehrte

Recht gebildet, ein Recht der öffentlichen Meinung, der Gewohnheit und der durch Vernachlässigung entstandenen Verjährung. Die Gutsbesitzer, denen die niedere Gerichtsbarkeit zustand, straften und belohnten nach ihrer in den meisten Fällen redlichen Einsicht; der Untergebene tat, was ihm ausführbar und mit einem etwas weiten Gewissen verträglich schien, und nur dem Verlierenden fiel es zuweilen ein, in alten staubigten Urkunden nachzuschlagen. – Es ist schwer, jene Zeit unparteiisch ins Auge zu fassen; sie ist seit ihrem Verschwinden entweder hochmütig getadelt oder albern gelobt worden, da den, der sie erlebte, zu viel teure Erinnerungen blenden und der Spätergeborene sie nicht begreift. So viel darf man indessen behaupten, dass die Form schwächer, der Kern fester, Vergehen häufiger, Gewissenlosigkeit seltener waren. Denn wer nach seiner Überzeugung handelt, und sei sie noch so mangelhaft, kann nie ganz zu Grunde gehen, wogegen nichts seelentötender wirkt, als gegen das innere Rechtsgefühl das äußere Recht in Anspruch nehmen.

Ein Menschenschlag, unruhiger und unternehmender als alle seine Nachbarn, ließ in dem kleinen Staate, von dem wir reden, manches weit greller hervortreten als anderswo unter gleichen Umständen. Holz- und Jagdfrevel waren an der Tagesordnung, und bei den häufig vorfallenden Schlägereien hatte sich jeder selbst seines zerschlagenen Kopfes zu trösten. Da jedoch große und ergiebige Waldungen den Hauptreichtum des Landes ausmachten, ward allerdings scharf über die Forsten gewacht, aber weniger auf gesetzlichem Wege, als in stets erneuten Versuchen, Gewalt und List mit gleichen Waffen zu überbieten.

Das Dorf B. galt für die hochmütigste, schlauste und kühnste Gemeinde des ganzen Fürstentums. Seine Lage inmitten tiefer und stolzer Waldeinsamkeit mochte schon früh den angeborenen Starrsinn der Gemüter nähren; die Nähe

---

3f. **niedere Gerichtsbarkeit:** Bis Mitte des 19. Jahrhunderts besaßen Grundherren richterliche Befugnis und Polizeigewalt über ihre Bauern. | 23 **Holz- und Jagdfrevel:** Verstoß gegen die Ansprüche der Gutsherren auf die alleinige wirtschaftliche Nutzung von Wald und Wild (Wilderei, Holzdiebstahl) | 27 **ward:** wurde | 28 **Forsten:** Wälder

eines Flusses, der in die See mündete und bedeckte Fahrzeuge trug, groß genug, um Schiffbauholz bequem und sicher außer Land zu führen, trug sehr dazu bei, die natürliche Kühnheit der Holzfrevler zu ermutigen, und der Umstand, dass Alles umher von Förstern wimmelte, konnte hier nur aufregend wirken, da bei den häufig vorkommenden Scharmützeln der Vorteil meist auf Seiten der Bauern blieb. Dreißig, vierzig Wagen zogen zugleich aus in den schönen Mondnächten, mit ungefähr doppelt so viel Mannschaft jedes Alters, vom halbwüchsigen Knaben bis zum siebzigjährigen Ortsvorsteher, der als erfahrener Leitbock den Zug mit gleich stolzem Bewusstsein anführte, als er seinen Sitz in der Gerichtsstube einnahm. Die Zurückgebliebenen horchten sorglos dem allmähligen Verhallen des Knarrens und Stoßens der Räder in den Hohlwegen und schliefen sacht weiter. Ein gelegentlicher Schuss, ein schwacher Schrei ließen wohl einmal eine junge Frau oder Braut auffahren; kein anderer achtete darauf. Beim ersten Morgengrau kehrte der Zug eben so schweigend heim, die Gesichter glühend wie Erz, hier und dort einer mit verbundenem Kopf, was weiter nicht in Betracht kam, und nach ein paar Stunden war die Umgegend voll von dem Missgeschick eines oder mehrerer Forstbeamten, die aus dem Walde getragen wurden, zerschlagen, mit Schnupftabak geblendet und für einige Zeit unfähig, ihrem Berufe nachzukommen.

In diesen Umgebungen ward Friedrich Mergel geboren, in einem Hause, das durch die stolze Zugabe eines Rauchfangs und minder kleiner Glasscheiben die Ansprüche seines Erbauers, so wie durch seine gegenwärtige Verkommenheit die kümmerlichen Umstände des jetzigen Besitzers bezeugte. Das frühere Geländer um Hof und Garten war einem vernachlässigten Zaune gewichen, das Dach schadhaft, fremdes Vieh weidete auf den Triften, fremdes Korn wuchs auf dem Acker zunächst am Hofe, und der Garten enthielt,

---

7 **Scharmützeln:** kleineren Gefechten | 24 **mit Schnupftabak geblendet:** Ob der sehr scharfe Schnupftabak von der Hand in die Augen der Forstbeamten geprustet oder mit der Schusswaffe geschossen wurde, bleibt unklar. | 28 **minder:** weniger | 33 **Triften:** Weiden, Wiesen

außer ein paar holzigten Rosenstöcken aus besserer Zeit, mehr Unkraut als Kraut. Freilich hatten Unglücksfälle manches hiervon herbeigeführt; doch war auch viel Unordnung und böse Wirtschaft im Spiel. Friedrichs Vater, der alte Hermann Mergel, war in seinem Junggesellenstande ein sogenannter ordentlicher Säufer, d. h. einer, der nur an Sonn- und Festtagen in der Rinne lag und die Woche hindurch so manierlich war wie ein Anderer. So war denn auch seine Bewerbung um ein recht hübsches und wohlhabendes Mädchen ihm nicht erschwert. Auf der Hochzeit ging's lustig zu. Mergel war gar nicht zu arg betrunken, und die Eltern der Braut gingen abends vergnügt heim; aber am nächsten Sonntage sah man die junge Frau schreiend und blutrünstig durchs Dorf zu den Ihrigen rennen, alle ihre guten Kleider und neues Hausgerät im Stich lassend. Das war freilich ein großer Skandal und Ärger für Mergel, der allerdings Trostes bedurfte. So war denn auch am Nachmittage keine Scheibe an seinem Hause mehr ganz, und man sah ihn noch bis spät in die Nacht vor der Türschwelle liegen, einen abgebrochenen Flaschenhals von Zeit zu Zeit zum Munde führend und sich Gesicht und Hände jämmerlich zerschneidend. Die junge Frau blieb bei ihren Eltern, wo sie bald verkümmerte und starb. Ob nun den Mergel Reue quälte oder Scham, genug, er schien der Trostmittel immer bedürftiger und fing bald an, den gänzlich verkommenen Subjekten zugezählt zu werden.

Die Wirtschaft verfiel; fremde Mägde brachten Schimpf und Schaden; so verging Jahr auf Jahr. Mergel war und blieb ein verlegener und zuletzt ziemlich armseliger Witwer, bis er mit einem Male wieder als Bräutigam auftrat. War die Sache an und für sich unerwartet, so trug die Persönlichkeit der Braut noch dazu bei, die Verwunderung zu erhöhen. Margareth Semmler war eine brave, anständige Person, so in den Vierzigen, in ihrer Jugend eine Dorfschönheit und noch

---

1 **holzigten:** hier: vertrockneten, rissigen, holzigen, trockenen | 7 **Rinne:** hier: Graben | 13 **blutrünstig:** hier: blutüberströmt (nicht: blutdurstig) | 29 **verlegener:** unentschlossener

jetzt als sehr klug und wirtlich geachtet, dabei nicht unvermögend; und so musste es Jedem unbegreiflich sein, was sie zu diesem Schritte getrieben. Wir glauben den Grund eben in dieser ihrer selbstbewussten Vollkommenheit zu finden. Am Abend vor der Hochzeit soll sie gesagt haben: »Eine Frau, die von ihrem Manne übel behandelt wird, ist dumm oder taugt nicht: wenn's mir schlecht geht, so sagt, es liege an mir.« Der Erfolg zeigte leider, dass sie ihre Kräfte überschätzt hatte. Anfangs imponierte sie ihrem Manne; er kam nicht nach Haus oder kroch in die Scheune, wenn er sich übernommen hatte; aber das Joch war zu drückend, um lange getragen zu werden, und bald sah man ihn oft genug quer über die Gasse ins Haus taumeln, hörte drinnen sein wüstes Lärmen und sah Margreth eilends Tür und Fenster schließen. An einem solchen Tage – keinem Sonntage mehr – sah man sie abends aus dem Hause stürzen, ohne Haube und Halstuch, das Haar wild um den Kopf hängend, sich im Garten neben ein Krautbeet niederwerfen und die Erde mit den Händen aufwühlen, dann ängstlich um sich schauen, rasch ein Bündel Kräuter brechen und damit langsam wieder dem Hause zugehen, aber nicht hinein, sondern in die Scheune. Es hieß, an diesem Tage habe Mergel zuerst Hand an sie gelegt, obwohl das Bekenntnis nie über ihre Lippen kam.

Das zweite Jahr dieser unglücklichen Ehe ward mit einem Sohne, man kann nicht sagen erfreut, denn Margreth soll sehr geweint haben, als man ihr das Kind reichte. Dennoch, obwohl unter einem Herzen voll Gram getragen, war Friedrich ein gesundes, hübsches Kind, das in der frischen Luft kräftig gedieh. Der Vater hatte ihn sehr lieb, kam nie nach Hause, ohne ihm ein Stückchen Wecken oder dergleichen mitzubringen, und man meinte sogar, er sei seit der Geburt des Knaben ordentlicher geworden; wenigstens ward der Lärmen im Hause geringer.

---

1 **wirtlich:** in Bezug auf ihre Sparsamkeit (Wirtschaft) | 11 **Joch:** hier: das beschwerliche Schicksal | 31 **Wecken:** Gebäck aus Weizenmehl

Friedrich stand in seinem neunten Jahre. Es war um das ↗ Fest der Heiligen Drei Könige, eine harte, stürmische Winternacht. Hermann war zu einer Hochzeit gegangen und hatte sich schon beizeiten auf den Weg gemacht, da das Brauthaus Dreiviertelmeilen entfernt lag. Obgleich er versprochen hatte, abends wiederzukommen, rechnete Frau Mergel doch umso weniger darauf, da sich nach Sonnenuntergang dichtes Schneegestöber eingestellt hatte. Gegen zehn Uhr schürte sie die Asche am Herde zusammen und machte sich zum Schlafengehen bereit. Friedrich stand neben ihr, schon halb entkleidet und horchte auf das Geheul des Windes und das Klappen der Bodenfenster.

»Mutter, kommt der Vater heute nicht?«, fragte er. – »Nein, Kind, morgen.« – »Aber warum nicht, Mutter? er hat's doch versprochen.« – »Ach Gott, wenn der Alles hielte, was er verspricht! Mach, mach voran, dass du fertig wirst.«

Sie hatten sich kaum niedergelegt, so erhob sich eine Windsbraut, als ob sie das Haus mitnehmen wollte. Die Bettstatt bebte und im Schornstein rasselte es wie ein Kobold. – »Mutter – es pocht draußen!« – »Still, Fritzchen, das ist das lockere Brett im Giebel, das der Wind jagt.« – »Nein, Mutter, an der Tür!« – »Sie schließt nicht; die Klinke ist zerbrochen. Gott, schlaf doch! bring mich nicht um das armselige Bisschen Nachtruhe.« – »Aber wenn nun der Vater kommt?« – Die Mutter drehte sich heftig im Bett um. – »Den hält der Teufel fest genug!« – »Wo ist der Teufel, Mutter?« – »Wart du Unrast! er steht vor der Tür und will dich holen, wenn du nicht ruhig bist!«

Friedrich ward still; er horchte noch ein Weilchen und schlief dann ein. Nach einigen Stunden erwachte er. Der Wind hatte sich gewendet und zischte jetzt wie eine Schlange durch die Fensterritze an seinem Ohr. Seine Schulter war erstarrt; er kroch tief unters Deckbett und lag aus

---

9 **schürte ... zusammen:** häufte auf, damit sie am Morgen mit der in der Asche verbliebenen Glut wieder ein Feuer anfachen konnte | 19 **Windsbraut:** Wirbelwind

Furcht ganz still. Nach einer Weile bemerkte er, dass die Mutter auch nicht schlief. Er hörte sie weinen und mitunter: »Gegrüßt seist du, Maria!« und: »bitte für uns arme Sünder!« Die Kügelchen des Rosenkranzes glitten an seinem Gesicht hin. – Ein unwillkürlicher Seufzer entfuhr ihm. – »Friedrich, bist du wach?« – »Ja, Mutter.« – »Kind, bete ein wenig – du kannst ja schon das halbe Vaterunser – dass Gott uns bewahre vor Wasser- und Feuersnot.«

Friedrich dachte an den Teufel, wie der wohl aussehen möge. Das mannigfache Geräusch und Getöse im Hause kam ihm wunderlich vor. Er meinte, es müsse etwas Lebendiges drinnen sein und draußen auch. »Hör, Mutter, gewiss, da sind Leute, die pochen.« – »Ach nein, Kind; aber es ist kein altes Brett im Hause, das nicht klappert.« – »Hör! hörst du nicht? es ruft! hör doch!«

Die Mutter richtete sich auf; das Toben des Sturms ließ einen Augenblick nach. Man hörte deutlich an den Fensterladen pochen und mehrere Stimmen: »Margreth! Frau Margreth, heda, aufgemacht!« – Margreth stieß einen heftigen Laut aus: »Da bringen sie mir das Schwein wieder!«

Der Rosenkranz flog klappernd auf den Brettstuhl, die Kleider wurden herbeigerissen. Sie fuhr zum Herde und bald darauf hörte Friedrich sie mit trotzigen Schritten über die Tenne gehen. Margreth kam gar nicht wieder; aber in der Küche war viel Gemurmel und fremde Stimmen. Zweimal kam ein fremder Mann in die Kammer und schien ängstlich etwas zu suchen. Mit einem Male ward eine Lampe hereingebracht. Zwei Männer führten die Mutter. Sie war weiß wie Kreide und hatte die Augen geschlossen. Friedrich meinte, sie sei tot; er erhob ein fürchterliches Geschrei, worauf ihm Jemand eine Ohrfeige gab, was ihn zur Ruhe brachte, und nun begriff er nach und nach aus den Reden der Umstehenden, dass der Vater vom Ohm Franz Semmler und dem Hülsmeyer tot im Holze gefunden sei und jetzt in der Küche liege.

---

24 **Tenne:** gepflasterter oder festgestampfter Boden, wo oftmals Getreide gedroschen wurde | 33 **Ohm:** Onkel, Bruder der Mutter

Sobald Margreth wieder zur Besinnung kam, suchte sie die fremden Leute loszuwerden. Der Bruder blieb bei ihr und Friedrich, dem bei strenger Strafe im Bett zu bleiben geboten war, hörte die ganze Nacht hindurch das Feuer in der Küche knistern und ein Geräusch wie von Hin- und Herrutschen und Bürsten. Gesprochen ward wenig und leise, aber zuweilen drangen Seufzer herüber, die dem Knaben, so jung er war, durch Mark und Bein gingen. Einmal verstand er, dass der Oheim sagte: »Margreth, zieh dir das nicht zu Gemüt; wir wollen Jeder drei Messen lesen lassen, und um Ostern gehen wir zusammen eine Bittfahrt zur Muttergottes von Werl.«

Als nach zwei Tagen die Leiche fortgetragen wurde, saß Margreth am Herde, das Gesicht mit der Schürze verhüllend. Nach einigen Minuten, als alles still geworden war, sagte sie in sich hinein: »Zehn Jahre, zehn Kreuze. Wir haben sie doch zusammen getragen, und jetzt bin ich allein!« dann lauter: »Fritzchen, komm her!« – Friedrich kam scheu heran; die Mutter war ihm ganz unheimlich geworden mit den schwarzen Bändern und den verstörten Zügen. »Fritzchen«, sagte sie, »willst du jetzt auch fromm sein, dass ich Freude an dir habe, oder willst du unartig sein und lügen, oder saufen und stehlen?« – »Mutter, Hülsmeyer stiehlt.« – »Hülsmeyer? Gott bewahre! Soll ich dir auf den Rücken kommen? wer sagt dir so schlechtes Zeug?« – »Er hat neulich den Aaron geprügelt und ihm sechs Groschen genommen.« – »Hat er dem Aaron Geld genommen, so hat ihn der verfluchte Jude gewiss zuvor darum betrogen. Hülsmeyer ist ein ordentlicher, angesessener Mann, und die Juden sind alle Schelme.« – »Aber, Mutter, Brandis sagt auch, dass er Holz und Rehe stiehlt.« – »Kind, Brandis ist ein Förster.« – »Mutter, lügen die Förster?«

Margreth schwieg eine Weile; dann sagte sie: »Höre, Fritz, das Holz lässt unser Herrgott frei wachsen und das Wild

---

11f. **Muttergottes von Werl:** verehrtes Marienbild im westfälischen Wallfahrtsort Werl im Kreis Soest | 20 **schwarzen Bändern:** schwarze Bänder: Teil der Trauerkleidung | 24f. **dir auf den Rücken kommen:** dich verprügeln | 30 **Schelme:** hier: wüstes Schimpfwort: Betrüger, Halsabschneider

wechselt aus eines Herren Lande in das andere; die können Niemand angehören. Doch das verstehst du noch nicht; jetzt geh in den Schoppen und hole mir Reisig.«

Friedrich hatte seinen Vater auf dem Stroh gesehen, wo er, wie man sagt, blau und fürchterlich ausgesehen haben soll. Aber davon erzählte er nie und schien ungern daran zu denken. Überhaupt hatte die Erinnerung an seinen Vater eine mit Grausen gemischte Zärtlichkeit in ihm zurückgelassen, wie denn nichts so fesselt, wie die Liebe und Sorgfalt eines Wesens, das gegen alles Übrige verhärtet scheint, und bei Friedrich wuchs dieses Gefühl mit den Jahren, durch das Gefühl mancher Zurücksetzung von Seiten Anderer. Es war ihm äußerst empfindlich, wenn, so lange er Kind war, Jemand des Verstorbenen nicht allzu löblich gedachte; ein Kummer, den ihm das Zartgefühl der Nachbarn nicht ersparte. Es ist gewöhnlich in jenen Gegenden, den Verunglückten die Ruhe im Grabe abzusprechen. Der alte Mergel war das Gespenst des Brederholzes geworden; einen Betrunkenen führte er als Irrlicht bei einem Haar in den Zellerkolk (Teich); die Hirtenknaben, wenn sie nachts bei ihren Feuern kauerten und die Eulen in den Gründen schrieen, hörten zuweilen in abgebrochenen Tönen ganz deutlich dazwischen sein: »Hör mal an, feins Lieseken«, und ein unprivilegierter Holzhauer, der unter der breiten Eiche eingeschlafen und dem es darüber Nacht geworden war, hatte beim Erwachen sein geschwollenes blaues Gesicht durch die Zweige lauschen sehen. Friedrich musste von andern Knaben Vieles darüber hören; dann heulte er, schlug um sich, stach auch einmal mit seinem Messerchen und wurde bei dieser Gelegenheit jämmerlich geprügelt. Seitdem trieb er seiner Mutter Kühe allein an das andere Ende des Tales, wo man ihn oft stundenlang in derselben Stellung im Grase liegen und den Thymian aus dem Boden rupfen sah.

Er war zwölf Jahre alt, als seine Mutter einen Besuch von

---

3 **in den Schoppen:** in die Scheune, den Schuppen | 23 f. **unprivilegierter Holzhauer:** jemand, der nicht das Recht zum Holzfällen hat, also ein Holzdieb oder Holzfrevler

ihrem jüngern Bruder erhielt, der in Brede wohnte und seit der törichten Heirat seiner Schwester ihre Schwelle nicht betreten hatte. Simon Semmler war ein kleiner, unruhiger, ↗ magerer Mann mit vor dem Kopf liegenden Fischaugen und überhaupt einem Gesicht wie ein Hecht, ein unheimlicher Geselle, bei dem dicktuende Verschlossenheit oft mit ebenso gesuchter Treuherzigkeit wechselte, der gern einen aufgeklärten Kopf vorgestellt hätte und statt dessen für einen fatalen, Händel suchenden Kerl galt, dem Jeder umso lieber aus dem Wege ging, je mehr er in das Alter trat, wo ohnehin beschränkte Menschen leicht an Ansprüchen gewinnen, was sie an Brauchbarkeit verlieren. Dennoch freute sich die arme Margreth, die sonst keinen der Ihrigen mehr am Leben hatte.

»Simon, bist du da?«, sagte sie, und zitterte, dass sie sich am Stuhle halten musste. »Willst du sehen, wie es mir geht und meinem schmutzigen Jungen?« – Simon betrachtete sie ernst und reichte ihr die Hand: »Du bist alt geworden, Margreth!« – Margreth seufzte: »Es ist mir derweil oft bitterlich gegangen mit allerlei Schicksalen.« – »Ja, Mädchen, zu spät gefreit, hat immer gereut! Jetzt bist du alt und das Kind ist klein. Jedes Ding hat seine Zeit. Aber wenn ein altes Haus brennt, dann hilft kein Löschen.« – Über Margreths vergrämtes Gesicht flog eine Flamme so rot wie Blut.

»Aber ich höre, dein Junge ist schlau und gewichst«, fuhr Simon fort. – »Ei nun so ziemlich, und dabei fromm.« – »Hum, 's hat mal Einer eine Kuh gestohlen, der hieß auch Fromm. Aber er ist still und nachdenklich, nicht wahr? er läuft nicht mit den andern Buben?« – »Er ist ein eigenes Kind«, sagte Margreth wie für sich; »es ist nicht gut.« – Simon lachte hell auf: »Dein Junge ist scheu, weil ihn die andern ein paarmal gut durchgedroschen haben. Das wird ihnen der Bursche schon wieder bezahlen. Hülsmeyer war neulich bei mir; der sagte, es ist ein Junge wie 'n Reh.«

---

9 **fatalen:** widerwärtigen | 20 f. **zu spät ... immer gereut:** Verdrehung des Sprichwortes »Früh gefreit, schnell gereut« (eine zu früh oder zu jung geschlossene Ehe wird eine schlechte Ehe) | 25 **gewichst:** pfiffig, gerissen

Welcher Mutter geht das Herz nicht auf, wenn sie ihr Kind loben hört? Der armen Margreth ward selten so wohl, Jedermann nannte ihren Jungen tückisch und verschlossen. Die Tränen traten ihr in die Augen. »Ja, gottlob, er hat gerade Glieder.« – »Wie sieht er aus?«, fuhr Simon fort. – »Er hat viel von dir, Simon, viel.«

Simon lachte: »Ei, das muss ein rarer Kerl sein, ich werde alle Tage schöner. An der Schule soll er sich wohl nicht verbrennen. Du lässt ihn die Kühe hüten? Ebenso gut. Es ist doch nicht halb wahr, was der Magister sagt. Aber wo hütet er? Im Telgengrund? im Roderholze? im Teutoburger Wald? auch des Nachts und früh?« – »Die ganzen Nächte durch; aber wie meinst du das?«

Simon schien dies zu überhören; er reckte den Hals zur Türe hinaus. »Ei, da kommt der Gesell! Vaterssohn! er schlenkert gerade so mit den Armen wie dein seliger Mann. Und schau mal an! wahrhaftig, der Junge hat meine blonden Haare!«

In der Mutter Züge kam ein heimliches, stolzes Lächeln; ihres Friedrichs blonde Locken und Simons rötliche Bürsten! Ohne zu antworten, brach sie einen Zweig von der nächsten Hecke und ging ihrem Sohne entgegen, scheinbar, eine träge Kuh anzutreiben, im Grunde aber, ihm einige rasche, halbdrohende Worte zuzuraunen; denn sie kannte seine störrische Natur, und Simons Weise war ihr heute einschüchternder vorgekommen als je. Doch ging Alles über Erwarten gut; Friedrich zeigte sich weder verstockt, noch frech, vielmehr etwas blöde und sehr bemüht, dem Ohm zu gefallen. So kam es denn dahin, dass nach einer halbstündigen Unterredung Simon eine Art Adoption des Knaben in Vorschlag brachte, vermöge deren er denselben zwar nicht gänzlich seiner Mutter entziehen, aber doch über den größten Teil seiner Zeit verfügen wollte, wofür ihm dann am Ende des alten Junggesellen Erbe zufallen solle, das ihm

---

10 **Magister:** akademischer Grad, früher gleichwertig zum Doktor | 20 f. **Bürsten:** Borsten | 28 **blöde:** schwach, schüchtern | 30 f. **in Vorschlag brachte:** vorschlug

freilich ohnedies nicht entgehen konnte. Margreth ließ sich geduldig auseinandersetzen, wie groß der Vorteil, wie gering die Entbehrung ihrerseits bei dem Handel sei. Sie wusste am besten, was eine kränkliche Witwe an der Hülfe eines zwölfjährigen Knaben entbehrt, den sie bereits gewöhnt hat, die Stelle einer Tochter zu ersetzen. Doch sie schwieg und gab sich in Alles. Nur bat sie den Bruder, streng, doch nicht hart gegen den Knaben zu sein.

»Er ist gut«, sagte sie, »aber ich bin eine einsame Frau; mein Kind ist nicht, wie einer, über den Vaterhand regiert hat.« Simon nickte schlau mit dem Kopf: »Lass mich nur gewähren, wir wollen uns schon vertragen, und weißt du was? gib mir den Jungen gleich mit, ich habe zwei Säcke aus der Mühle zu holen; der kleinste ist ihm grad recht, und so lernt er mir zur Hand gehen. Komm, Fritzchen, zieh deine Holzschuh an!« – Und bald sah Margreth den Beiden nach, ↗ wie sie fortschritten, Simon voran, mit seinem Gesicht die Luft durchschneidend, während ihm die Schöße des roten Rocks wie Feuerflammen nachzogen. So hatte er ziemlich das Ansehen eines feurigen Mannes, der unter dem gestohlenen Sacke büßt; Friedrich ihm nach, fein und schlank für sein Alter, mit zarten, fast edlen Zügen und langen blonden Locken, die besser gepflegt waren, als sein übriges Äußere erwarten ließ; übrigens zerlumpt, sonneverbrannt und mit dem Ausdruck der Vernachlässigung und einer gewissen rohen Melancholie in den Zügen. Dennoch war eine große Familienähnlichkeit Beider nicht zu verkennen, und wie Friedrich so langsam seinem Führer nachtrat, die Blicke fest auf denselben geheftet, der ihn gerade durch das Seltsame seiner Erscheinung anzog, erinnerte er unwillkürlich an Jemand, der in einem Zauberspiegel das Bild seiner Zukunft mit verstörter Aufmerksamkeit betrachtet.

Jetzt nahten die beiden sich der Stelle des Teutoburger Waldes, wo das Brederholz den Abhang des Gebirges nie-

---

4 f. **Hülfe:** Hilfe | 31 **Zauberspiegel:** Spiegel, mit Hilfe dessen sich die Zukunft deuten oder Verborgenes aufdecken lässt, hier allerdings im metaphorischen Sinn

dersteigt und einen sehr dunkeln Grund ausfüllt. Bis jetzt war wenig gesprochen worden. Simon schien nachdenkend, der Knabe zerstreut, und Beide keuchten unter ihren Säcken. Plötzlich fragte Simon: »Trinkst du gern Branntwein?« – Der Knabe antwortete nicht. »Ich frage, trinkst du gern Branntwein? gibt dir die Mutter zuweilen welchen?« – »Die Mutter hat selbst keinen«, sagte Friedrich. – »So, so, desto besser! – kennst du das Holz da vor uns?« – »Das ist das Brederholz.« – »Weißt du auch, was darin vorgefallen ist?« – Friedrich schwieg. Indessen kamen sie der düstern Schlucht immer näher. »Betet die Mutter noch so viel?«, hob Simon wieder an. – »Ja, jeden Abend zwei Rosenkränze.« – »So? und du betest mit?« – Der Knabe lachte halb verlegen mit einem durchtriebenen Seitenblick. – »Die Mutter betet in der Dämmerung vor dem Essen den einen Rosenkranz, dann bin ich meist noch nicht wieder da mit den Kühen, und den andern im Bette, dann schlaf ich gewöhnlich ein.« – »So, so, Geselle!«

Diese letzten Worte wurden unter dem Schirme einer weiten Buche gesprochen, die den Eingang der Schlucht überwölbte. Es war jetzt ganz finster; das erste Mondviertel stand am Himmel, aber seine schwachen Schimmer dienten nur dazu, den Gegenständen, die sie zuweilen durch eine Lücke der Zweige berührten, ein fremdartiges Ansehen zu geben. Friedrich hielt sich dicht hinter seinem Ohm; sein Odem ging schnell, und wer seine Züge hätte unterscheiden können, würde den Ausdruck einer ungeheuren, doch mehr phantastischen als furchtsamen Spannung darin wahrgenommen haben. So schritten Beide rüstig voran, Simon mit dem festen Schritt des abgehärteten Wanderers, Friedrich schwankend und wie im Traum. Es kam ihm vor, als ob Alles sich bewegte und die Bäume in den einzelnen Mondstrahlen bald zusammen, bald voneinander schwankten. Baumwurzeln und schlüpfrige Stellen, wo sich das Wegwasser gesam-

---

34 **Wegwasser:** Abflusswasser

melt, machten seinen Schritt unsicher; er war einige Male nahe daran, zu fallen. Jetzt schien sich in einiger Entfernung das Dunkel zu brechen, und bald traten Beide in eine ziemlich große Lichtung. Der Mond schien klar hinein und zeigte, dass hier noch vor Kurzem die Axt unbarmherzig gewütet hatte. Überall ragten Baumstümpfe hervor, manche mehrere Fuß über der Erde, wie sie gerade in der Eile am bequemsten zu durchschneiden gewesen waren; die verpönte Arbeit musste unversehens unterbrochen worden sein, denn eine Buche lag quer über dem Pfad, in vollem Laube, ihre Zweige hoch über sich streckend und im Nachtwinde mit den noch frischen Blättern zitternd. Simon blieb einen Augenblick stehen und betrachtete den gefällten Stamm mit Aufmerksamkeit. In der Mitte der Lichtung stand eine alte Eiche, mehr breit als hoch; ein blasser Strahl, der durch die Zweige auf ihren Stamm fiel, zeigte, dass er hohl sei, was ihn wahrscheinlich vor der allgemeinen Zerstörung geschützt hatte. Hier ergriff Simon plötzlich des Knaben Arm.

»Friedrich, kennst du den Baum? Das ist die breite Eiche.« – Friedrich fuhr zusammen und klammerte sich mit kalten Händen an seinen Ohm. – »Sieh«, fuhr Simon fort, »hier haben Ohm Franz und der Hülsmeyer deinen Vater gefunden, als er in der Betrunkenheit ohne Buße und Ölung zum Teufel gefahren war.« – »Ohm, Ohm!«, keuchte Friedrich. – »Was fällt dir ein? Du wirst dich doch nicht fürchten? Satan von einem Jungen, du kneipst mir den Arm! lass los, los!« – Er suchte den Knaben abzuschütteln. – »Dein Vater war übrigens eine gute Seele; Gott wird's nicht so genau mit ihm nehmen. Ich hatt ihn so lieb wie meinen eigenen Bruder.« – Friedrich ließ den Arm seines Ohms los; Beide legten schweigend den übrigen Teil des Waldes zurück und das Dorf Brede lag vor ihnen, mit seinen Lehmhütten und den einzelnen bessern Wohnungen von Ziegelsteinen, zu denen auch Simons Haus gehörte.

---

8 **verpönte:** verbotene, unter Androhung einer Strafe | 21 **Ohm:** vgl. Fn. 9,33 | 23 **ohne Buße und Ölung:** ohne zwei der Sakramente (Ölung: Krankensalbung, oft für Sterbende) | 26 **kneipst:** kneifst

Am nächsten Abend saß Margreth schon seit einer Stunde mit ihrem Rocken vor der Tür und wartete auf ihren Knaben. Es war die erste Nacht, die sie zugebracht hatte, ohne den Atem ihres Kindes neben sich zu hören, und Friedrich kam noch immer nicht. Sie war ärgerlich und ängstlich und wusste, dass sie beides ohne Grund war. Die Uhr im Turm schlug sieben, das Vieh kehrte heim; er war noch immer nicht da und sie musste aufstehen, um nach den Kühen zu schauen. Als sie wieder in die dunkle Küche trat, stand Friedrich am Herde; er hatte sich vorn übergebeugt und wärmte die Hände an den Kohlen. Der Schein spielte auf seinen Zügen und gab ihnen ein widriges Ansehen von Magerkeit und ängstlichem Zucken. Margreth blieb in der Tennentür stehen, so seltsam verändert kam ihr das Kind vor.

»Friedrich, wie geht's dem Ohm?« – Der Knabe murmelte einige unverständliche Worte und drängte sich dicht an die Feuermauer. – »Friedrich, hast du das Reden verlernt? Junge, tu das Maul auf! du weißt ja doch, dass ich auf dem rechten Ohr nicht gut höre.« – Das Kind erhob seine Stimme und geriet dermaßen ins Stammeln, dass Margreth es um nichts mehr begriff. – »Was sagst du? einen Gruß von Meister Semmler? wieder fort? wohin? die Kühe sind schon zu Hause. Verfluchter Junge, ich kann dich nicht verstehen. Wart, ich muss einmal sehen, ob du keine Zunge im Munde hast!« – Sie trat heftig einige Schritte vor. Das Kind sah zu ihr auf, mit dem Jammerblick eines armen, halbwüchsigen Hundes, der Schildwacht stehen lernt, und begann in der Angst mit den Füßen zu stampfen und den Rücken an der Feuermauer zu reiben.

Margreth stand still; ihre Blicke wurden ängstlich. Der Knabe erschien ihr wie zusammengeschrumpft, auch seine Kleider waren nicht dieselben, nein, das war ihr Kind nicht! und dennoch – »Friedrich, Friedrich!«, rief sie.

---

2 **Rocken:** Holzstock zum Spinnen (Spinnrocken) | 18 **Feuermauer:** Mauer, die zum Schutz die Feuerstelle umschließt | 28 **Schildwacht:** eigtl. jeder militärische Posten, hier: Wache

In der Schlafkammer klappte eine Schranktür und der Gerufene trat hervor, in der einen Hand eine sogenannte Holzschenvioline, d. h. einen alten Holzschuh, mit drei bis vier zerschabten Geigensaiten überspannt, in der andern einen Bogen, ganz des Instruments würdig. So ging er gerade ↗ auf sein verkümmertes Spiegelbild zu, seinerseits mit einer Haltung bewusster Würde und Selbstständigkeit, die in diesem Augenblicke den Unterschied zwischen beiden sonst merkwürdig ähnlichen Knaben stark hervortreten ließ.

»Da, Johannes!«, sagte er und reichte ihm mit einer Gönnermiene das Kunstwerk; »da ist die Violine, die ich dir versprochen habe. Mein Spielen ist vorbei, ich muss jetzt Geld verdienen.« – Johannes warf noch einmal einen scheuen Blick auf Margreth, streckte dann langsam seine Hand aus, bis er das Dargebotene fest ergriffen hatte, und brachte es wie verstohlen unter die Flügel seines armseligen Jäckchens.

Margreth stand ganz still und ließ die Kinder gewähren. Ihre Gedanken hatten eine andere, sehr ernste Richtung genommen, und sie blickte mit unruhigem Auge von Einem auf den Andern. Der fremde Knabe hatte sich wieder über die Kohlen gebeugt mit einem Ausdruck augenblicklichen Wohlbehagens, der an Albernheit grenzte, während in Friedrichs Zügen der Wechsel eines offenbar mehr selbstischen als gutmütigen Mitgefühls spielte und sein Auge in fast glasartiger Klarheit zum ersten Male bestimmt den Ausdruck jenes ungebändigten Ehrgeizes und Hanges zum Großtun zeigte, der nachher als so starkes Motiv seiner meisten Handlungen hervortrat. Der Ruf seiner Mutter störte ihn aus Gedanken, die ihm eben so neu als angenehm waren. Sie saß wieder am Spinnrade.

»Friedrich«, sagte sie zögernd, »sag einmal –« und schwieg dann. Friedrich sah auf und wandte sich, da er nichts weiter vernahm, wieder zu seinem Schützling. »Nein, höre –« und dann leiser: »was ist das für ein Junge? wie heißt er?« – Friedrich antwortete eben so leise: »Das ist des Ohms Simon Schweinehirt, der eine Botschaft an den Hülsmeyer hat. Der Ohm hat mir ein paar Schuhe und eine Weste von Drillich gegeben; die hat mir der Junge unterwegs getragen; dafür hab ich ihm meine Violine versprochen; er ist ja doch ein armes Kind; Johannes heißt er.« – »Nun –?«, sagte Margreth. – »Was willst du, Mutter?« – »Wie heißt er weiter?« – »Ja – weiter nicht – oder, warte – doch: Niemand, Johannes Niemand heißt er. – Er hat keinen Vater«, fügte er leiser hinzu.

Margreth stand auf und ging in die Kammer. Nach einer Weile kam sie heraus, mit einem harten, finstern Ausdruck in den Mienen. – »So, Friedrich«, sagte sie, »lass den Jungen gehen, dass er seine Bestellung machen kann. – Junge, was liegst du da in der Asche? hast du zu Hause nichts zu tun?« – Der Knabe raffte sich mit der Miene eines Verfolgten so eilfertig auf, dass ihm alle Glieder im Wege standen und die Holschenvioline bei einem Haar ins Feuer gefallen wäre.

»Warte, Johannes«, sagte Friedrich stolz, »ich will dir mein halbes Butterbrot geben, es ist mir doch zu groß, die Mutter schneidet allemal übers ganze Brot.« – »Lass doch«, sagte Margreth, »er geht ja nach Hause.« – »Ja, aber er bekommt nichts mehr; Ohm Simon isst um sieben Uhr.« Margreth wandte sich zu dem Knaben: »Hebt man dir nichts auf? Sprich, wer sorgt für dich?« – »Niemand«, stotterte das Kind. – »Niemand?«, wiederholte sie; »da nimm, nimm!«, fügte sie heftig hinzu; »du heißt Niemand und Niemand sorgt für dich! Das sei Gott geklagt! Und nun mach dich fort! Friedrich, geh nicht mit ihm, hörst du, geht nicht zusammen durchs Dorf.« – »Ich will ja nur Holz holen aus dem Schuppen«, antwortete Friedrich. – Als beide Knaben fort waren, warf sich Margreth auf einen Stuhl und schlug die Hände mit dem Ausdruck des tiefsten Jammers zusammen. Ihr Gesicht war bleich wie ein Tuch. »Ein falscher Eid, ein ↗

---

4 **Drillich:** dichtes, festes Gewebe, oft aus Leinen oder Baumwolle | 27 **Niemand und Niemand:** einmal als Name, dann als (damals groß geschriebenes) Indefinitpronomen

falscher Eid!«, stöhnte sie. »Simon, Simon, wie willst du vor Gott bestehen!«

So saß sie eine Weile, starr mit geklemmten Lippen, wie in völliger Geistesabwesenheit. Friedrich stand vor ihr und hatte sie schon zweimal angeredet. »Was ist's? was willst du?«, rief sie auffahrend. – »Ich bringe Euch Geld«, sagte er, mehr erstaunt als erschreckt. – »Geld? wo?« Sie regte sich und die kleine Münze fiel klingend auf den Boden. Friedrich hob sie auf. »Geld vom Ohm Simon, weil ich ihm habe arbeiten helfen. Ich kann mir nun selber was verdienen.« – »Geld vom Simon? wirf's fort, fort! – nein, gib's den Armen. Doch, nein, behalt's«, flüsterte sie kaum hörbar; »wir sind selber arm. Wer weiß, ob wir bei dem Betteln vorbeikommen!« – »Ich soll Montag wieder zum Ohm und ihm bei der Einsaat helfen.« – »Du wieder zu ihm? nein, nein, nimmermehr!« – Sie umfasste ihr Kind mit Heftigkeit. – »Doch«, fügte sie hinzu, und ein Tränenstrom stürzte ihr plötzlich über die eingefallenen Wangen; »geh, er ist mein einziger Bruder, und die Verleumdung ist groß! Aber halt Gott vor Augen und vergiss das tägliche Gebet nicht!«

Margreth legte das Gesicht an die Mauer und weinte laut. Sie hatte manche harte Last getragen, ihres Mannes üble Behandlung, noch schwerer seinen Tod, und es war eine bittere Stunde, als die Witwe das letzte Stück Ackerland einem Gläubiger zur Nutznießung überlassen musste und der Pflug vor ihrem Hause stille stand. Aber so war ihr nie zu Mute gewesen; dennoch, nachdem sie einen Abend durchgeweint, eine Nacht durchwacht hatte, war sie dahin gekommen, zu denken, ihr Bruder Simon könne so gottlos nicht sein, der Knabe gehöre gewiss nicht ihm, Ähnlichkeiten wollen nichts beweisen. Hatte sie doch selbst vor vierzig Jahren ein Schwesterchen verloren, das genau dem fremden Hechelkrämer glich. Was glaubt man nicht gern, wenn man so wenig hat und durch Unglauben dies wenige verlieren soll!

---

25 **Nutznießung:** beschränktes dingliches Recht ohne Eigentumsanspruch | 32 f. **Hechelkrämer:** Hausierer (Hechel: kammartiges Gerät zum Reinigen und Ordnen von Fasern, etwa Flachs oder Hanf, vgl. heute noch »etwas durchhecheln«, etwas bis ins Kleinste durchsprechen)

Von dieser Zeit an war Friedrich selten mehr zu Hause. Simon schien alle wärmern Gefühle, deren er fähig war, dem Schwestersohn zugewendet zu haben; wenigstens vermisste er ihn sehr und ließ nicht nach mit Botschaften, wenn ein häusliches Geschäft ihn auf einige Zeit bei der Mutter hielt. Der Knabe war seitdem wie verwandelt, das träumerische Wesen gänzlich von ihm gewichen, er trat fest auf, fing an, sein Äußeres zu beachten und bald in den Ruf eines hübschen, gewandten Burschen zu kommen. Sein Ohm, der nicht wohl ohne Projekte leben konnte, unternahm mitunter ziemlich bedeutende öffentliche Arbeiten, z. B. beim Wegbau, wobei Friedrich für einen seiner besten Arbeiter und überall als seine rechte Hand galt; denn obgleich dessen Körperkräfte noch nicht ihr volles Maß erreicht hatten, kam ihm doch nicht leicht Jemand an Ausdauer gleich. Margreth hatte bisher ihren Sohn nur geliebt, jetzt fing sie an, stolz auf ihn zu werden und sogar eine Art Hochachtung vor ihm zu fühlen, da sie den jungen Menschen so ganz ohne ihr Zutun sich entwickeln sah, sogar ohne ihren Rat, den sie, wie die meisten Menschen, für unschätzbar hielt und deshalb die Fähigkeiten nicht hoch genug anzuschlagen wusste, die eines so kostbaren Förderungsmittels entbehren konnten.

In seinem achtzehnten Jahre hatte Friedrich sich bereits einen bedeutenden Ruf in der jungen Dorfwelt gesichert, durch den Ausgang einer Wette, in Folge deren er einen erlegten Eber über zwei Meilen weit auf seinem Rücken trug, ohne abzusetzen. Indessen war der Mitgenuss des Ruhms auch so ziemlich der einzige Vorteil, den Margreth aus diesen günstigen Umständen zog, da Friedrich immer mehr auf sein Äußeres verwandte und allmählig anfing, es schwer zu verdauen, wenn Geldmangel ihn zwang, irgend Jemand im Dorf darin nachzustehen. Zudem waren alle seine Kräfte auf den auswärtigen Erwerb gerichtet; zu Hause schien ihm,

---

3 **Schwestersohn:** also dem Neffen

ganz im Widerspiel mit seinem sonstigen Rufe, jede anhaltende Beschäftigung lästig, und er unterzog sich lieber einer harten, aber kurzen Anstrengung, die ihm bald erlaubte, seinem frühern Hirtenamte wieder nachzugehen, was bereits begann, seinem Alter unpassend zu werden, und ihm gelegentlichen Spott zuzog, vor dem er sich aber durch ein paar derbe Zurechtweisungen mit der Faust Ruhe verschaffte. So gewöhnte man sich daran, ihn bald geputzt und fröhlich als anerkannten Dorfelegant an der Spitze des jungen Volks zu sehen, bald wieder als zerlumpten Hirtenbuben einsam und träumerisch hinter den Kühen herschleichend, oder in einer Waldlichtung liegend, scheinbar gedankenlos und das Moos von den Bäumen rupfend.

Um diese Zeit wurden die schlummernden Gesetze doch einigermaßen aufgerüttelt durch eine Bande von Holzfrevlern, die unter dem Namen der Blaukittel alle ihre Vorgänger so weit an List und Frechheit übertraf, dass es dem Langmütigsten zu viel werden musste. Ganz gegen den gewöhnlichen Stand der Dinge, wo man die stärksten Böcke der Herde mit dem Finger bezeichnen konnte, war es hier trotz aller Wachsamkeit bisher nicht möglich gewesen, auch nur ein Individuum namhaft zu machen. Ihre Benennung erhielten sie von der ganz gleichförmigen Tracht, durch die sie das Erkennen erschwerten, wenn etwa ein Förster noch einzelne Nachzügler im Dickicht verschwinden sah. Sie verheerten Alles wie die Wanderraupe, ganze Waldstrecken wurden in einer Nacht gefällt und auf der Stelle fortgeschafft, so dass man am andern Morgen nichts fand, als Späne und wüste Haufen von Topholz, und der Umstand, dass nie Wagenspuren einem Dorfe zuführten, sondern immer vom Flusse her und dorthin zurück, bewies, dass man unter dem Schutz und vielleicht mit dem Beistande der Schiffeigentümer handelte. In der Bande mussten sehr gewandte Spione sein, denn die Förster konnten wochenlang

---

17f. **dem Langmütigsten:** dem Geduldigsten | 29 **Topholz:** wertloses Holz z.B. der Baumkronen, aus dem man keine Bretter sägen kann

umsonst wachen; in der ersten Nacht, gleichviel, ob stürmisch oder mondhell, wo sie vor Übermüdung nachließen, brach die Zerstörung ein. Seltsam war es, dass das Landvolk umher ebenso unwissend und gespannt schien, als die Förster selber. Von einigen Dörfern ward mit Bestimmtheit gesagt, dass sie nicht zu den Blaukitteln gehörten, aber keines konnte als dringend verdächtig bezeichnet werden, seit man das verdächtigste von allen, das Dorf B., freisprechen musste. Ein Zufall hatte dies bewirkt, eine Hochzeit, auf der fast alle Bewohner dieses Dorfes notorisch die Nacht zugebracht hatten, während zu eben dieser Zeit die Blaukittel eine ihrer stärksten Expeditionen ausführten.

Der Schaden in den Forsten war indes allzu groß, deshalb wurden die Maßregeln dagegen auf eine bisher unerhörte Weise gesteigert; Tag und Nacht wurde patrolliert, Ackerknechte, Hausbediente mit Gewehren versehen und den Forstbeamten zugesellt. Dennoch war der Erfolg nur gering und die Wächter hatten oft kaum das eine Ende des Forstes verlassen, wenn die Blaukittel schon zum andern einzogen. Das währte länger als ein volles Jahr, Wächter und Blaukittel, Blaukittel und Wächter, wie Sonne und Mond, immer abwechselnd im Besitz des Terrains und nie zusammentreffend.

Es war im Juli 1756 früh um drei; der Mond stand klar am Himmel, aber sein Glanz fing an zu ermatten und im Osten zeigte sich bereits ein schmaler gelber Streif, der den Horizont besäumte und den Eingang einer engen Talschlucht wie mit einem Goldbande schloss. Friedrich lag im Grase, nach seiner gewohnten Weise, und schnitzelte an einem Weidenstabe, dessen knotigem Ende er die Gestalt eines ungeschlachten Tieres zu geben versuchte. Er sah übermüdet aus, gähnte, ließ mitunter seinen Kopf an einem verwitterten Stammknorren ruhen und Blicke, dämmeriger als der Horizont, über den mit Gestrüpp und Aufschlag fast

---

10 **notorisch:** hier: offensichtlich | 15 **patrolliert:** patrouilliert, Streife gegangen | 31 **ungeschlachten:** rohen, plumpen | 34 **Aufschlag:** junger Holzaufwuchs, gewachsen aus schweren, flugunfähigen Samen

verwachsenen Eingang des Grundes streifen. Ein paarmal belebten sich seine Augen und nahmen den ihnen eigentümlichen glasartigen Glanz an, aber gleich nachher schloss er sie wieder halb und gähnte und dehnte sich, wie es nur faulen Hirten erlaubt ist. Sein Hund lag in einiger Entfernung nah bei den Kühen, die unbekümmert um die Forstgesetze ebenso oft den jungen Baumspitzen als dem Grase zusprachen und in die frische Morgenluft schnaubten. Aus dem Walde drang von Zeit zu Zeit ein dumpfer, krachender Schall; der Ton hielt nur einige Sekunden an, begleitet von einem langen Echo an den Bergwänden und wiederholte sich etwa alle fünf bis acht Minuten. Friedrich achtete nicht darauf; nur zuweilen, wenn das Getöse ungewöhnlich stark oder anhaltend war, hob er den Kopf und ließ seine Blicke langsam über die verschiedenen Pfade gleiten, die ihren Ausgang in dem Talgrunde fanden.

Es fing bereits stark zu dämmern an; die Vögel begannen leise zu zwitschern und der Tau stieg fühlbar aus dem Grunde. Friedrich war an dem Stamm hinabgeglitten und starrte, die Arme über den Kopf verschlungen in das leise einschleichende Morgenrot. Plötzlich fuhr er auf: über sein Gesicht fuhr ein Blitz, er horchte einige Sekunden mit vorgebeugtem Oberleib wie ein Jagdhund, dem die Luft Witterung zuträgt. Dann schob er schnell zwei Finger in den Mund und pfiff gellend und anhaltend. – »Fidel, du verfluchtes Tier!« – Ein Steinwurf traf die Seite des unbesorgten Hundes, der, vom Schlafe aufgeschreckt, zuerst um sich biss und dann heulend auf drei Beinen dort Trost suchte, von wo das Übel ausgegangen war. In demselben Augenblicke wurden die Zweige eines nahen Gebüsches fast ohne Geräusch zurückgeschoben und ein Mann trat heraus, im grünen Jagdrock, den silbernen Wappenschild am Arm, die gespannte Büchse in der Hand. Er ließ schnell seine Blicke über die Schlucht fahren und sie dann mit besonderer

---

32 **den silbernen Wappenschild:** hier: sein Rangabzeichen

Schärfe auf dem Knaben verweilen, trat dann vor, winkte nach dem Gebüsch, und allmählig wurden sieben bis acht Männer sichtbar, alle in ähnlicher Kleidung, Waidmesser im Gürtel und die gespannten Gewehre in der Hand.

»Friedrich, was war das?«, fragte der zuerst Erschienene. – »Ich wollte, dass der Racker auf der Stelle krepierte. Seinetwegen können die Kühe mir die Ohren vom Kopf fressen.« – »Die Canaille hat uns gesehen«, sagte ein Anderer. – »Morgen sollst du auf die Reise mit einem Stein am Halse«, fuhr Friedrich fort und stieß nach dem Hunde. – »Friedrich, stell dich nicht an wie ein Narr! Du kennst mich und du verstehst mich auch!« – Ein Blick begleitete diese Worte, der schnell wirkte. – »Herr Brandis, denkt an meine Mutter!« – »Das tu ich. Hast du nichts im Walde gehört?« – »Im Walde?« – Der Knabe warf einen raschen Blick auf des Försters Gesicht. – »Eure Holzfäller, sonst nichts.« – »Meine Holzfäller!«

Die ohnehin dunkle Gesichtsfarbe des Försters ging in tiefes Braunrot über. »Wie viele sind ihrer, und wo treiben sie ihr Wesen?« – »Wohin Ihr sie geschickt habt; ich weiß es nicht.« – Brandis wandte sich zu seinen Gefährten: »Geht voran; ich komme gleich nach.«

Als einer nach dem andern im Dickicht verschwunden war, trat Brandis dicht vor den Knaben: »Friedrich«, sagte er mit dem Ton unterdrückter Wut, »meine Geduld ist zu Ende; ich möchte dich prügeln wie einen Hund, und mehr seid ihr auch nicht wert. Ihr Lumpenpack, dem kein Ziegel auf dem Dach gehört! Bis zum Betteln habt ihr es, Gottlob, bald gebracht, und an meiner Tür soll deine Mutter, die alte Hexe, keine verschimmelte Brotrinde bekommen. Aber vorher sollt ihr mir noch Beide ins Hundeloch!«

Friedrich griff krampfhaft nach einem Aste. Er war totenbleich und seine Augen schienen wie Kristallkugeln aus dem Kopfe schießen zu wollen. Doch nur einen Augen- ↗

---

3 **Waidmesser:** Waid: veraltet für Jagd | 6 **Racker:** unartiges Kind, Schlingel | 8 **Canaille:** Schuft, Schurke | 31 **Hundeloch:** hier: Gefängnis

blick. Dann kehrte die größte, an Erschlaffung grenzende Ruhe zurück. – »Herr«, sagte er fest, mit fast sanfter Stimme; »Ihr habt gesagt, was Ihr nicht verantworten könnt, und ich vielleicht auch. Wir wollen es gegeneinander aufgehen lassen, und nun will ich Euch sagen, was Ihr verlangt. Wenn Ihr die Holzfäller nicht selbst bestellt habt, so müssen es die Blaukittel sein; denn aus dem Dorfe ist kein Wagen gekommen; ich habe den Weg ja vor mir, und vier Wagen sind es. Ich habe sie nicht gesehen, aber den Hohlweg hinauffahren hören.« – Er stockte einen Augenblick. – »Könnt Ihr sagen, dass ich je einen Baum in Eurem Revier gefällt habe? überhaupt, dass ich je anderwärts gehauen habe, als auf Bestellung? Denkt nach, ob Ihr das sagen könnt?«

Ein verlegenes Murmeln war die ganze Antwort des Försters, der nach Art der meisten rauhen Menschen leicht bereute. Er wandte sich unwirsch und schritt dem Gebüsche zu. – »Nein, Herr«, rief Friedrich, »wenn Ihr zu den andern Förstern wollt, die sind dort an der Buche hinaufgegangen.« – »An der Buche?«, sagte Brandis zweifelhaft, »nein, dort hinüber, nach dem Mastergrunde.« – »Ich sage Euch, an der Buche; des langen Heinrich Flintenriemen blieb noch am krummen Ast dort hängen; ich hab's ja gesehen!«

Der Förster schlug den bezeichneten Weg ein. Friedrich hatte die ganze Zeit hindurch seine Stellung nicht verlassen, halb liegend, den Arm um einen dürren Ast geschlungen, sah er dem Fortgehenden unverrückt nach, wie er durch den halbverwachsenen Steig glitt, mit den vorsichtigen weiten Schritten seines Metiers, so geräuschlos wie ein Fuchs die Hühnerstiege erklimmt. Hier sank ein Zweig hinter ihm, dort einer; die Umrisse seiner Gestalt schwanden immer mehr. Da blitzte es noch einmal durchs Laub. Es war ein Stahlknopf seines Jagdrocks; nun war er fort. Friedrichs Gesicht hatte während dieses allmähligen Verschwindens den

---

17 **unwirsch:** mürrisch, gereizt | 19 **Buche:** Ob dies die Judenbuche ist, ist unklar. | 22 **Flintenriemen:** Lederband, um das Gewehr über die Schulter zu hängen | 28 **Steig:** schmaler Pfad, der einen Anstieg hinaufführt

Ausdruck seiner Kälte verloren und seine Züge schienen zuletzt unruhig bewegt. Gereute es ihn vielleicht, den Förster nicht um Verschweigung seiner Angaben gebeten zu haben? Er ging einige Schritte voran, blieb dann stehen. »Es ist zu spät«, sagte er vor sich hin und griff nach seinem Hute. Ein leises Picken im Gebüsche, nicht zwanzig Schritte von ihm. Es war der Förster, der den Flintenstein schärfte. Friedrich horchte. – »Nein!«, sagte er dann mit entschlossenem Tone, raffte seine Siebensachen zusammen und trieb das Vieh eilfertig die Schlucht entlang.

Um Mittag saß Frau Margreth am Herd und kochte Tee. – Friedrich war krank heimgekommen, er klagte über heftige Kopfschmerzen und hatte auf ihre besorgte Nachfrage erzählt, wie er sich schwer geärgert über den Förster; kurz den ganzen eben beschriebenen Vorgang, mit Ausnahme einiger Kleinigkeiten, die er besser fand, für sich zu behalten. Margreth sah schweigend und trübe in das siedende Wasser. Sie war es wohl gewohnt, ihren Sohn mitunter klagen zu hören, aber heute kam er ihr so angegriffen vor, wie sonst nie. Sollte wohl eine Krankheit im Anzuge sein? sie seufzte tief und ließ einen eben ergriffenen Holzblock fallen.

»Mutter!«, rief Friedrich aus der Kammer. – »Was willst du?« – »War das ein Schuss?« – »Ach nein, ich weiß nicht, was du meinst.« – »Es pocht mir wohl nur so im Kopfe«, versetzte er.

Die Nachbarin trat herein und erzählte mit leisem Flüstern irgendeine unbedeutende Klatscherei, die Margreth ohne Teilnahme anhörte. Dann ging sie. – »Mutter!«, rief Friedrich. Margreth ging zu ihm hinein. »Was erzählte die Hülsmeyer?« – »Ach gar nichts, Lügen, Wind!« – Friedrich richtete sich auf. – »Von der Gretchen Siemers; du weißt ja wohl die alte Geschichte; und ist doch nichts Wahres dran.« – Friedrich legte sich wieder hin. »Ich will sehen, ob ich schlafen kann«, sagte er.

Margreth saß am Herde; sie spann und dachte wenig Erfreuliches. Im Dorfe schlug es halb zwölf; die Türe klinkte und der Gerichtsschreiber Kapp trat herein. – »Guten Tag, Frau Mergel«, sagte er; »könnt Ihr mir einen Trunk Milch geben? ich komme von M.« – Als Frau Mergel das Verlangte brachte, fragte er: »Wo ist Friedrich?« Sie war gerade beschäftigt, einen Teller hervorzulangen und überhörte die Frage. Er trank zögernd und in kurzen Absätzen. »Wisst Ihr wohl«, sagte er dann, »dass die Blaukittel in dieser Nacht wieder im Masterholze eine ganze Strecke so kahl gefegt haben, wie meine Hand?« – »Ei, du frommer Gott!«, versetzte sie gleichgültig. »Die Schandbuben«, fuhr der Schreiber fort, »ruinieren Alles; wenn sie noch Rücksicht nähmen auf das junge Holz, aber Eichenstämmchen wie mein Arm dick, wo nicht einmal eine Ruderstange drin steckt! Es ist, als ob ihnen andrer Leute Schaden ebenso lieb wäre wie ihr Profit!« – »Es ist Schade!«, sagte Margreth.

Der Amtsschreiber hatte getrunken und ging noch immer nicht. Er schien etwas auf dem Herzen zu haben. »Habt Ihr nichts von Brandis gehört?«, fragte er plötzlich. – »Nichts; er kommt niemals hier ins Haus.« – »So wisst Ihr nicht, was ihm begegnet ist?« – »Was denn?«, fragte Margreth gespannt. – »Er ist tot!« – »Tot!«, rief sie, »was, tot? Um Gotteswillen! er ging ja noch heute morgen ganz gesund hier vorüber mit der Flinte auf dem Rücken!« – »Er ist tot«, wiederholte der Schreiber, sie scharf fixierend; »von den Blaukitteln erschlagen. Vor einer Viertelstunde wurde die Leiche ins Dorf gebracht.«

Margreth schlug die Hände zusammen. – »Gott im Himmel, geh nicht mit ihm ins Gericht! er wusste nicht, was er tat!« – »Mit ihm!«, rief der Amtsschreiber, »mit dem verfluchten Mörder, meint Ihr?« Aus der Kammer drang ein schweres Stöhnen. Margreth eilte hin und der Schreiber folgte ihr. Friedrich saß aufrecht im Bette, das Gesicht in die

---

15 f. **wo … drin steckt:** zu dünn, um daraus ein Ruder zu machen

Hände gedrückt, und ächzte wie ein Sterbender. – »Friedrich, wie ist dir?«, sagte die Mutter. – »Wie ist dir?«, wiederholte der Amtsschreiber. – »O mein Leib, mein Kopf!«, jammerte er. – »Was fehlt ihm?« – »Ach, Gott weiß es«, versetzte sie; »er ist schon um vier mit den Kühen heimgekommen, weil ihm so übel war. – Friedrich – Friedrich, antworte doch, soll ich zum Doktor?« – »Nein, nein«, ächzte er, »es ist nur Kolik, es wird schon besser.«

Er legte sich zurück; sein Gesicht zuckte krampfhaft vor Schmerz; dann kehrte die Farbe wieder. – »Geht«, sagte er matt; »ich muss schlafen, dann geht's vorüber.« – »Frau Mergel«, sagte der Amtsschreiber ernst, »ist es gewiss, dass Friedrich um vier zu Hause kam und nicht wieder fortging?« – Sie sah ihn starr an. – »Fragt jedes Kind auf der Straße. Und fortgehen? – wollte Gott, er könnt es!« – »Hat er Euch nichts von Brandis erzählt?« – »In Gottes Namen, ja, dass er ihn im Walde geschimpft und unsere Armut vorgeworfen hat, der Lump! – Doch Gott verzeih' mir, er ist tot! – Geht!«, fuhr sie heftig fort; »seid Ihr gekommen, um ehrliche Leute zu beschimpfen? Geht!« – Sie wandte sich wieder zu ihrem Sohne; der Schreiber ging. – »Friedrich, wie ist dir?«, sagte die Mutter; »hast du wohl gehört? schrecklich, schrecklich! ohne Beichte und Absolution!« – »Mutter, Mutter, um Gotteswillen lass mich schlafen; ich kann nicht mehr!«

In diesem Augenblick trat Johannes Niemand in die Kammer; dünn und lang wie eine Hopfenstange, aber zerlumpt und scheu wie wir ihn vor fünf Jahren gesehen. Sein Gesicht war noch bleicher als gewöhnlich. »Friedrich«, stotterte er, »du sollst sogleich zum Ohm kommen; er hat Arbeit für dich; aber sogleich.« – Friedrich drehte sich gegen die Wand. – »Ich komme nicht«, sagte er barsch, »ich bin krank.« – »Du musst aber kommen«, keuchte Johannes; »er hat gesagt, ich müsste dich mitbringen.« – Friedrich lachte

---

8 **Kolik:** ein (Magen-)Krampf | 23 **ohne Beichte und Absolution:** also ohne die Sterbesakramente, vgl. Fn. 16,23

höhnisch auf: »das will ich doch sehen!« – »Lass ihn in Ruhe, er kann nicht«, seufzte Margreth, »du siehst ja, wie es steht.« – Sie ging auf einige Minuten hinaus; als sie zurückkam, war Friedrich bereits angekleidet. – »Was fällt dir ein?«, rief sie, »du kannst, du sollst nicht gehen!« – »Was sein muss, schickt sich wohl«, versetzte er und war schon zur Türe hinaus mit Johannes. – »Ach Gott«, seufzte die Mutter, »wenn die Kinder klein sind, treten sie uns in den Schoß, und wenn sie groß sind, ins Herz!«

Die gerichtliche Untersuchung hatte ihren Anfang genommen, die Tat lag klar am Tage; über den Täter aber waren die Anzeigen so schwach, dass, obschon alle Umstände die Blaukittel dringend verdächtigten, man doch nicht mehr als Mutmaßungen wagen konnte. *Eine* Spur schien Licht geben zu wollen: doch rechnete man aus Gründen wenig darauf. Die Abwesenheit des Gutsherrn hatte den Gerichtschreiber genötigt, auf eigene Hand die Sache einzuleiten. Er saß am Tische; die Stube war gedrängt voll von Bauern, teils neugierigen, teils solchen, von denen man in Ermangelung eigentlicher Zeugen einigen Aufschluss zu erhalten hoffte. Hirten, die in derselben Nacht gehütet, Knechte, die den Acker in der Nähe bestellt, Alle standen stramm und fest, die Hände in den Taschen, gleichsam als stillschweigende Erklärung, dass sie nicht einzuschreiten gesonnen seien. Acht Forstbeamte wurden vernommen. Ihre Aussagen waren völlig gleichlautend: Brandis habe sie am zehnten abends zur Runde bestellt, da ihm von einem Vorhaben der Blaukittel müsse Kunde zugekommen sein; doch habe er sich nur unbestimmt darüber geäußert. Um zwei Uhr in der Nacht seien sie ausgezogen und auf manche Spuren der Zerstörung gestoßen, die den Oberförster sehr übel gestimmt; sonst sei Alles still gewesen. Gegen vier Uhr habe Brandis gesagt: »wir sind angeführt, lasst uns heim gehen.« – Als sie nun um den Bremerberg gewendet und zugleich der Wind

12 **Anzeigen:** Anzeichen, Hinweise, Indizien

umgeschlagen, habe man deutlich im Masterholz fällen gehört und aus der schnellen Folge der Schläge geschlossen, dass die Blaukittel am Werk seien. Man habe nun eine Weile beratschlagt, ob es tunlich sei, mit so geringer Macht die kühne Bande anzugreifen, und sich dann ohne bestimmten Entschluss dem Schalle langsam genähert. Nun folgte der Auftritt mit Friedrich. Ferner: nachdem Brandis sie ohne Weisung fortgeschickt, seien sie eine Weile vorangeschritten und dann, als sie bemerkt, dass das Getöse im noch ziemlich weit entfernten Walde gänzlich aufgehört, stille gestanden, um den Oberförster zu erwarten. Die Zögerung habe sie verdrossen, und nach etwa zehn Minuten seien sie weitergegangen und so bis an den Ort der Verwüstung. Alles sei vorüber gewesen, kein Laut mehr im Walde, von zwanzig gefällten Stämmen noch acht vorhanden, die übrigen bereits fortgeschafft. Es sei ihnen unbegreiflich, wie man dieses ins Werk gestellt, da keine Wagenspuren zu finden gewesen. Auch habe die Dürre der Jahreszeit und der mit Fichtennadeln bestreute Boden keine Fußstapfen unterscheiden lassen, obgleich der Grund ringsumher wie festgestampft war. Da man nun überlegt, dass es zu nichts nützen könne, den Oberförster zu erwarten, sei man rasch der andern Seite des Waldes zugeschritten, in der Hoffnung, vielleicht noch einen Blick von den Frevlern zu erhaschen. Hier habe sich einem von ihnen beim Ausgange des Waldes die Flaschenschnur in Brombeerranken verstrickt, und als er umgeschaut, habe er etwas im Gestrüpp blitzen sehen; es war die Gurtschnalle des Oberförsters, den man nun hinter den Ranken liegend fand, grad ausgestreckt, die rechte Hand um den Flintenlauf geklemmt, die andere geballt und die Stirn von einer Axt gespalten.

Dies waren die Aussagen der Förster; nun kamen die Bauern an die Reihe, aus denen jedoch nichts zu bringen war. Manche behaupteten, um vier Uhr noch zu Hause oder

---

29 **Ranken:** Sprossen

anderswo beschäftigt gewesen zu sein, und keiner wollte etwas bemerkt haben. Was war zu machen? sie waren sämtlich angesessene, unverdächtige Leute. Man musste sich mit ihren negativen Zeugnissen begnügen.

Friedrich ward hereingerufen. Er trat ein mit einem Wesen, das sich durchaus nicht von seinem gewöhnlichen unterschied, weder gespannt noch keck. Das Verhör währte ziemlich lange und die Fragen waren mitunter ziemlich schlau gestellt; er beantwortete sie jedoch alle offen und bestimmt und erzählte den Vorgang zwischen ihm und dem Oberförster ziemlich der Wahrheit gemäß, bis auf das Ende, das er geratener fand, für sich zu behalten. Sein Alibi zur Zeit des Mordes war leicht erwiesen. Der Förster lag am Ausgange des Masterholzes; über drei viertel Stunden Weges von der Schlucht, in der er Friedrich um vier Uhr angeredet und aus der dieser seine Herde schon zehn Minuten später ins Dorf getrieben. Jedermann hatte dies gesehen; alle anwesenden Bauern beeiferten sich, es zu bezeugen; mit diesem hatte er geredet, jenem zugenickt.

Der Gerichtsschreiber saß unmutig und verlegen da. Plötzlich fuhr er mit der Hand hinter sich und brachte etwas Blinkendes vor Friedrichs Auge. »Wem gehört dies?« – Friedrich sprang drei Schritt' zurück. »Herr Jesus! ich dachte Ihr wolltet mir den Schädel einschlagen.« Seine Augen waren rasch über das tödliche Werkzeug gefahren und schienen momentan auf einem ausgebrochenen Splitter am Stiele zu haften. »Ich weiß es nicht«, sagte er fest. – Es war die Axt, die man in dem Schädel des Oberförsters eingeklammert gefunden hatte. – »Sieh sie genau an«, fuhr der Gerichtschreiber fort. Friedrich fasste sie mit der Hand, besah sie oben, unten, wandte sie um. »Es ist eine Axt wie andere«, sagte er dann und legte sie gleichgültig auf den Tisch. ↗ Ein Blutfleck ward sichtbar; er schien zu schaudern, aber er wiederholte noch einmal sehr bestimmt: »Ich kenne sie

---

4 **negativen:** hier: leeren, nicht weiterführenden

nicht.« Der Gerichtschreiber seufzte vor Unmut. Er selbst wusste um nichts mehr, und hatte nur einen Versuch zu möglicher Entdeckung durch Überraschung machen wollen. Es blieb nichts übrig, als das Verhör zu schließen.

Denjenigen, die vielleicht auf den Ausgang dieser Begebenheit gespannt sind, muss ich sagen, dass diese Geschichte nie aufgeklärt wurde, obwohl noch viel dafür geschah und diesem Verhöre mehrere folgten. Den Blaukitteln schien durch das Aufsehen, das der Vorgang gemacht und die darauffolgenden geschärften Maßregeln der Mut genommen; sie waren von nun an wie verschwunden, und obgleich späterhin noch mancher Holzfrevler erwischt wurde, fand man doch nie Anlass, ihn der berüchtigten Bande zuzuschreiben. Die Axt lag zwanzig Jahre nachher als unnützes Corpus delicti im Gerichtsarchiv, wo sie wohl noch jetzt ruhen mag mit ihren Rostflecken. Es würde in einer erdichteten Geschichte unrecht sein, die Neugier des Lesers so zu täuschen. Aber dies Alles hat sich wirklich zugetragen; ich kann nichts davon oder dazu tun.

Am nächsten Sonntage stand Friedrich sehr früh auf, um zur Beichte zu gehen. Es war Mariä Himmelfahrt und die Pfarrgeistlichen schon vor Tagesanbruch im Beichtstuhle. Nachdem er sich im Finstern angekleidet, verließ er so geräuschlos wie möglich den engen Verschlag, der ihm in Simons Hause eingeräumt war. In der Küche musste sein Gebetbuch auf dem Sims liegen und er hoffte, es mit Hülfe des schwachen Mondlichts zu finden; es war nicht da. Er warf die Augen suchend umher und fuhr zusammen; in der Kammertür stand Simon, fast unbekleidet, seine dürre Gestalt, sein ungekämmtes, wirres Haar und die vom Mondschein verursachte Blässe des Gesichts gaben ihm ein schauerlich verändertes Ansehen. »Sollte er nachtwandeln?«, dachte Friedrich, und verhielt sich ganz still. – »Friedrich, wohin?«, flüsterte der Alte. – »Ohm, seid Ihr's? ich will

---

14f. **Corpus delicti:** Beweismaterial | 21 **Mariä Himmelfahrt:** 15. August

beichten gehen.« – »Das dacht ich mir; geh in Gottes Namen, aber beichte wie ein guter Christ.« – »Das will ich«, sagte Friedrich. – »Denk an die zehn Gebote: du sollst kein Zeugnis ablegen gegen deinen Nächsten.« – »Kein falsches!« – »Nein, gar keines; du bist schlecht unterrichtet; wer einen andern in der Beichte anklagt, der empfängt das Sakrament unwürdig.«

Beide schwiegen. – »Ohm, wie kommt Ihr darauf?«, sagte Friedrich dann; »Eu'r Gewissen ist nicht rein; Ihr habt mich belogen.« – »Ich? so?« – »Wo ist Eure Axt?« – »Meine Axt? Auf der Tenne.« – »Habt Ihr einen neuen Stiel hinein gemacht? wo ist der alte?« – »Den kannst du heute bei Tag im Holzschuppen finden. Geh«, fuhr er verächtlich fort, »ich dachte du seist ein Mann; aber du bist ein altes Weib, das gleich meint, das Haus brennt, wenn ihr Feuertopf raucht. Sieh«, fuhr er fort, »wenn ich mehr von der Geschichte weiß, als der Türpfosten da, so will ich ewig nicht selig werden. – Längst war ich zu Haus«, fügte er hinzu. – Friedrich stand beklemmt und zweifelnd. Er hätte viel darum gegeben, seines Ohms Gesicht sehen zu können. Aber während sie flüsterten, hatte der Himmel sich bewölkt.

»Ich habe schwere Schuld«, seufzte Friedrich, »dass ich ihn den unrechten Weg geschickt – obgleich – doch, dies hab ich nicht gedacht, nein, gewiss nicht. Ohm, ich habe Euch ein schweres Gewissen zu danken.« – »So geh, beicht!«, flüsterte Simon mit bebender Stimme; »verunehre das Sakrament durch Angeberei und setze armen Leuten einen Spion auf den Hals, der schon Wege finden wird, ihnen das Stückchen Brot aus den Zähnen zu reißen, wenn er gleich nicht reden darf – geh!« – Friedrich stand unschlüssig; er hörte ein leises Geräusch; die Wolken verzogen sich, das Mondlicht fiel wieder auf die Kammertür: sie war geschlossen. Friedrich ging an diesem Morgen nicht zur Beichte.

---

15 **Feuertopf:** topfähnlicher Ofen zum Wärmen der Füße | 19 **beklemmt:** beklommen

Der Eindruck, den dieser Vorfall auf Friedrich gemacht, erlosch leider nur zu bald. Wer zweifelt daran, dass Simon Alles tat, seinen Adoptivsohn dieselben Wege zu leiten, die er selber ging? Und in Friedrich lagen Eigenschaften, die dies nur zu sehr erleichterten: Leichtsinn, Erregbarkeit, und vor Allem ein grenzenloser Hochmut, der nicht immer den Schein verschmähte, und dann Alles daran setzte, durch Wahrmachung des Usurpierten möglicher Beschämung zu entgehen. Seine Natur war nicht unedel, aber er gewöhnte sich, die innere Schande der äußern vorzuziehen. Man darf nur sagen, er gewöhnte sich zu prunken, während seine Mutter darbte.

Diese unglückliche Wendung seines Charakters war indessen das Werk mehrerer Jahre, in denen man bemerkte, dass Margreth immer stiller über ihren Sohn ward und allmählig in einen Zustand der Verkommenheit versank, den man früher bei ihr für unmöglich gehalten hätte. Sie wurde scheu, saumselig, sogar unordentlich, und Manche meinten, ihr Kopf habe gelitten. Friedrich ward desto lauter; er versäumte keine Kirchweih oder Hochzeit, und da ein sehr empfindliches Ehrgefühl ihn die geheime Missbilligung Mancher nicht übersehen ließ, war er gleichsam immer unter Waffen, der öffentlichen Meinung nicht sowohl Trotz zu bieten, als sie den Weg zu leiten, der ihm gefiel. Er war äußerlich ordentlich, nüchtern, anscheinend treuherzig, aber listig, prahlerisch und oft roh, ein Mensch, an dem Niemand Freude haben konnte, am wenigsten seine Mutter, und der dennoch durch seine gefürchtete Kühnheit und noch mehr gefürchtete Tücke ein gewisses Übergewicht im Dorfe erlangt hatte, das umso mehr anerkannt wurde, je mehr man sich bewusst war, ihn nicht zu kennen und nicht berechnen zu können, wessen er am Ende fähig sei. Nur ein Bursch im Dorfe, Wilm Hülsmeyer, wagte im Bewusstsein seiner Kraft und guter Verhältnisse ihm die Spitze zu bieten; und da er

8 **Usurpierten:** des widerrechtlich Beanspruchten, in Besitz Genommenen | 11 **zu prunken:** auf äußerlichen Schein zu achten, anzugeben | 18 **saumselig:** arbeitsscheu, verbummelt | 20 **Kirchweih:** jährliches Fest mit Jahrmarkt bzw. Kirmes | 22 f. **immer unter Waffen:** immer in Habachtstellung, immer bereit

gewandter in Worten war, als Friedrich, und immer, wenn der Stachel saß, einen Scherz daraus zu machen wusste, so war dies der Einzige, mit dem Friedrich ungern zusammentraf.

Vier Jahre waren verflossen; es war im Oktober; der milde Herbst von 1760, der alle Scheunen mit Korn und alle Keller mit Wein füllte, hatte seinen Reichtum auch über diesen Erdwinkel strömen lassen, und man sah mehr Betrunkene, hörte von mehr Schlägereien und dummen Streichen, als je. Überall gab's Lustbarkeiten; der blaue Montag kam in Aufnahme, und wer ein paar Taler erübrigt hatte, wollte gleich eine Frau dazu, die ihm heute essen und morgen hungern helfen könne. Da gab es im Dorfe eine tüchtige, solide Hochzeit, und die Gäste durften mehr erwarten, als eine verstimmte Geige, ein Glas Branntwein und was sie an guter Laune selber mitbrachten. Seit früh war Alles auf den Beinen; vor jeder Tür wurden Kleider gelüftet, und B. glich den ganzen Tag einer Trödelbude. Da viele Auswärtige erwartet wurden, wollte Jeder gern die Ehre des Dorfes oben halten.

Es war sieben Uhr abends und Alles in vollem Gange; Jubel und Gelächter an allen Enden, die niedern Stuben zum Ersticken angefüllt mit blauen, roten und gelben Gestalten, gleich Pfandställen, in denen eine zu große Herde eingepfercht ist. Auf der Tenne ward getanzt, das heißt, wer zwei Fuß Raum erobert hatte, drehte sich darauf immer rund um und suchte durch Jauchzen zu ersetzen, was an Bewegung fehlte. Das Orchester war glänzend, die erste Geige als anerkannte Künstlerin prädominierend, die zweite und eine große Bassviole mit drei Saiten von Dilettanten ad libitum gestrichen; Branntwein und Kaffee im Überfluss, alle Gäste von Schweiß triefend; kurz, es war ein köstliches Fest. Friedrich stolzierte umher wie ein Hahn, im neuen himmel-

---

24 **Pfandställen:** Pfandställe: Ställe für gepfändetes Vieh | 25 **Tenne:** vgl. Fn. 9,24 | 29 **prädominierend:** vorherrschend, anführend | 30 **Bassviole:** siebensaitige Bassviola, Vorgänger des Kontrabass | **ad libitum:** nach Belieben; in der Musik: improvisiert

blauen Rock, und machte sein Recht als erster Elegant geltend. Als auch die Gutsherrschaft anlangte, saß er gerade hinter der Bassgeige und strich die tiefste Saite mit großer Kraft und vielem Anstand.

»Johannes!«, rief er gebieterisch, und heran trat sein Schützling von dem Tanzplatze, wo er auch seine ungelenken Beine zu schlenkern und eins zu jauchzen versucht hatte. Friedrich reichte ihm den Bogen, gab durch eine stolze Kopfbewegung seinen Willen zu erkennen und trat zu den Tanzenden. »Nun lustig, Musikanten: den Papen van Istrup!« – Der beliebte Tanz ward gespielt und Friedrich machte Sätze vor den Augen seiner Herrschaft, dass die Kühe an der Tenne die Hörner zurückzogen und Kettengeklirr und Gebrumm an ihren Ständern herlief. Fußhoch über die Andern tauchte sein blonder Kopf auf und nieder, wie ein Hecht, der sich im Wasser überschlägt; an allen Enden schrien Mädchen auf, denen er zum Zeichen der Huldigung mit einer raschen Kopfbewegung sein langes Flachshaar ins Gesicht schleuderte.

»Jetzt ist es gut!«, sagte er endlich und trat schweißtriefend an den Kredenztisch; »die gnädigen Herrschaften sollen leben und alle die hochadeligen Prinzen und Prinzessinnen, und wer's nicht mittrinkt, den will ich an die Ohren schlagen, dass er die Engel singen hört!« – Ein lautes Vivat beantwortete den galanten Toast. – Friedrich machte seinen Bückling. – »Nichts für ungut, gnädige Herrschaften; wir sind nur ungelehrte Bauersleute!« In diesem Augenblick erhob sich ein Getümmel am Ende der Tenne, Geschrei, Schelten, Gelächter, alles durcheinander. »Butterdieb, Butterdieb!«, riefen ein paar Kinder, und heran drängte sich, oder vielmehr ward geschoben, Johannes Niemand, den Kopf zwischen die Schultern ziehend und mit aller Macht nach dem Ausgange strebend. – »Was ist's? was habt ihr mit unserem Johannes?«, rief Friedrich gebieterisch.

---

3 **Bassgeige:** Bassviola (vgl. Fn. 36,30) | 10 f. **Papen van Istrup:** damals beliebter Tanz in Westfalen | 21 **Kredenztisch:** Buffet, Anrichte | 24 **Vivat:** ein Hochruf, wörtl.: »Er lebe!« | 26 **Bückling:** Verbeugung

»Das sollt Ihr früh genug gewahr werden«, keuchte ein altes Weib mit der Küchenschürze und einem Wischhader in der Hand. – Schande! Johannes, der arme Teufel, dem zu Hause das Schlechteste gut genug sein musste, hatte versucht, sich ein halbes Pfündchen Butter für die kommende Dürre zu sichern, und ohne daran zu denken, dass er es, sauber in sein Schnupftuch gewickelt, in der Tasche geborgen, war er ans Küchenfeuer getreten und nun rann das Fett schmählich die Rockschöße entlang. Allgemeiner Aufruhr; die Mädchen sprangen zurück, aus Furcht, sich zu beschmutzen, oder stießen den Delinquenten vorwärts. Andere machten Platz, sowohl aus Mitleid als Vorsicht. Aber Friedrich trat vor: »Lumpenhund!«, rief er; ein paar derbe Maulschellen trafen den geduldigen Schützling; dann stieß er ihn an die Tür und gab ihm einen tüchtigen Fußtritt mit auf den Weg.

Er kehrte niedergeschlagen zurück; seine Würde war verletzt, das allgemeine Gelächter schnitt ihm durch die Seele, ob er sich gleich durch einen tapfern Juchheschrei wieder in den Gang zu bringen suchte – es wollte nicht mehr recht gehen. Er war im Begriff, sich wieder hinter die Bassviole zu flüchten; doch zuvor noch ein Knalleffekt: er zog seine silberne Taschenuhr hervor, zu jener Zeit ein seltener und kostbarer Schmuck. »Es ist bald zehn«, sagte er. »Jetzt den Brautmenuett! ich will Musik machen.«

»Eine prächtige Uhr!«, sagte der Schweinehirt und schob sein Gesicht in ehrfurchtsvoller Neugier vor. – »Was hat sie gekostet?«, rief Wilm Hülsmeyer, Friedrichs Nebenbuhler. – »Willst du sie bezahlen?«, fragte Friedrich. – »Hast *du* sie bezahlt?«, antwortete Wilm. Friedrich warf einen stolzen Blick auf ihn und griff in schweigender Majestät zum Fidelbogen. – »Nun, nun«, sagte Hülsmeyer, »dergleichen hat man schon erlebt. Du weißt wohl, der Franz Ebel hatte auch eine schöne Uhr, bis der Jude Aaron sie ihm wieder ab-

---

2 **Wischhader:** Scheuertuch | 11 **den Delinquenten:** Delinquent: jmd., der einen Fehltritt begangen hat, Straftäter | 14 **Maulschellen:** Ohrfeigen | 24f. **den Brautmenuett:** westfälischer Hochzeitsbrauch; ursprünglich ein höfischer Tanz

nahm.« Friedrich antwortete nicht, sondern winkte stolz der ersten Violine, und sie begannen aus Leibeskräften zu streichen.

Die Gutsherrschaft war indessen in die Kammer getreten, wo der Braut von den Nachbarfrauen das Zeichen ihres neuen Standes, die weiße Stirnbinde, umgelegt wurde. Das junge Blut weinte sehr, teils weil es die Sitte so wollte, teils aus wahrer Beklemmung. Sie sollte einem verworrenen Haushalt vorstehen, unter den Augen eines mürrischen alten Mannes, den sie noch obendrein lieben sollte. Er stand neben ihr, durchaus nicht wie der Bräutigam des hohen Liedes, der »in die Kammer tritt wie die Morgensonne«. – »Du hast nun genug geweint«, sagte er verdrießlich; »bedenk, du bist es nicht, die mich glücklich macht, ich mache dich glücklich!« – Sie sah demütig zu ihm auf und schien zu fühlen, dass er recht habe. – Das Geschäft war beendigt; die junge Frau hatte ihrem Manne zugetrunken, junge Spaßvögel hatten durch den Dreifuß geschaut, ob die Binde gerade sitze, und man drängte sich wieder der Tenne zu, von wo unauslöschliches Gelächter und Lärm herüberschallte. Friedrich war nicht mehr dort. Eine große, unerträgliche Schmach hatte ihn getroffen, da der Jude Aaron, ein Schlächter und gelegentlicher Althändler aus dem nächsten Städtchen, plötzlich erschienen war, und nach einem kurzen, unbefriedigenden Zwiegespräch ihn laut vor allen Leuten um den Betrag von zehn Talern für eine schon um Ostern gelieferte Uhr gemahnt hatte. Friedrich war wie vernichtet fortgegangen und der Jude ihm gefolgt, immer schreiend: »O weh mir! warum hab ich nicht gehört auf vernünftige Leute! Haben sie mir nicht hundertmal gesagt, Ihr hättet all Eu'r Gut am Leibe und kein Brot im Schranke!« – Die Tenne tobte von Gelächter; manche hatten sich auf den Hof nachgedrängt. – »Packt den Juden! wiegt ihn gegen ein Schwein!«, riefen Einige; andere waren ernst geworden.

6 **weiße Stirnbinde:** Teil der westfälischen Hochzeitstracht, Symbol für den Wechsel des Familienstandes | 18 **durch den Dreifuß geschaut:** Dreifuß: Metallgerät auf drei Füßen, Untersatz für Kochtöpfe, hier wird der Dreifuß abergläubisch wie eine Brille benutzt, die die Wahrheit zeigen soll

– »Der Friedrich sah so blass aus wie ein Tuch«, sagte eine alte Frau, und die Menge teilte sich, wie der Wagen des Gutsherrn in den Hof lenkte.

Herr von S. war auf dem Heimwege verstimmt, die jedesmalige Folge, wenn der Wunsch, seine Popularität aufrechtzuerhalten, ihn bewog, solchen Festen beizuwohnen. Er sah schweigend aus dem Wagen. »Was sind denn das für ein paar Figuren?« – Er deutete auf zwei dunkle Gestalten, die vor dem Wagen rannten wie Strauße. Nun schlüpften sie ins Schloss. – »Auch ein paar selige Schweine aus unserm eigenen Stall!«, seufzte Herr von S. Zu Hause angekommen, fand er die Hausflur vom ganzen Dienstpersonal eingenommen, das zwei Kleinknechte umstand, welche sich blass und atemlos auf der Stiege niedergelassen hatten. Sie behaupteten, von des alten Mergels Geist verfolgt worden zu sein, als sie durchs Brederholz heimkehrten. Zuerst hatte es über ihnen an der Höhe gerauscht und geknistert; darauf hoch in der Luft ein Geklapper wie von aneinandergeschlagenen Stöcken; plötzlich ein gellender Schrei und ganz deutlich die Worte: »O weh, meine arme Seele!«, hoch von oben herab. Der Eine wollte auch glühende Augen durch die Zweige funkeln gesehen haben, und Beide waren gelaufen, was ihre Beine vermochten.

»Dummes Zeug!«, sagte der Gutsherr verdrießlich und trat in die Kammer, sich umzukleiden. Am andern Morgen wollte die Fontäne im Garten nicht springen, und es fand sich, dass Jemand eine Röhre verrückt hatte, augenscheinlich um nach dem Kopfe eines vor vielen Jahren hier verscharrten Pferdegerippes zu suchen, der für ein bewährtes Mittel wider allen Hexen- und Geisterspuck gilt. »Hm«, sagte der Gutsherr, »was die Schelme nicht stehlen, das verderben die Narren.«

Drei Tage später tobte ein furchtbarer Sturm. Es war Mitternacht, aber Alles im Schlosse außer dem Bett. Der Guts-

---

9 **wie Strauße:** wie der Vogel Strauß. Als größter lebender Vogel der Erde (bis zu 2,5 m hoch) ist der Strauß zwar flugunfähig, erreicht laufend jedoch eine Spitzengeschwindigkeit von 70 km/h. | 31 **Schelme:** vgl. Fn. 10,30

herr stand am Fenster und sah besorgt ins Dunkle, nach seinen Feldern hinüber. An den Scheiben flogen Blätter und Zweige her; mitunter fuhr ein Ziegel hinab und schmetterte auf das Pflaster des Hofes. – »Furchtbares Wetter!«, sagte Herr von S. Seine Frau sah ängstlich aus. »Ist das Feuer auch gewiss gut verwahrt?«, sagte sie; »Gretchen, sieh noch einmal nach, gieß es lieber ganz aus! – Kommt, wir wollen das Evangelium Johannis beten.« Alles kniete nieder und die Hausfrau begann: »Im Anfang war das Wort und das Wort war bei Gott und Gott war das Wort.« Ein furchtbarer Donnerschlag. Alle fuhren zusammen; dann furchtbares Geschrei und Getümmel die Treppe heran. – »Um Gotteswillen! brennt es?«, rief Frau von S. und sank mit dem Gesichte auf den Stuhl. Die Türe ward aufgerissen und herein stürzte die Frau des Juden Aaron, bleich wie der Tod, das Haar wild um den Kopf, von Regen triefend. Sie warf sich vor dem Gutsherrn auf die Knie. »Gerechtigkeit!«, rief sie, »Gerechtigkeit! mein Mann ist erschlagen!« und sank ohnmächtig zusammen.

Es war nur zu wahr, und die nachfolgende Untersuchung bewies, dass der Jude Aaron durch einen Schlag an die Schläfe mit einem stumpfen Instrumente, wahrscheinlich einem Stabe, sein Leben verloren hatte, durch einen einzigen Schlag. An der linken Schläfe war der blaue Fleck, sonst keine Verletzung zu finden. Die Aussagen der Jüdin und ihres Knechtes Samuel lauteten so: Aaron war vor drei Tagen am Nachmittage ausgegangen, um Vieh zu kaufen, und hatte dabei gesagt, er werde wohl über Nacht ausbleiben, da noch einige böse Schuldner in B. und S. zu mahnen seien. In diesem Falle werde er in B. beim Schlächter Salomon übernachten. Als er am folgenden Tage nicht heimkehrte, war seine Frau sehr besorgt geworden und hatte sich endlich heute um drei nachmittags in Begleitung ihres Knechtes und des großen Schlächterhundes auf den Weg gemacht. Beim

Juden Salomon wusste man nichts von Aaron; er war gar nicht dagewesen. Nun waren sie zu allen Bauern gegangen, von denen sie wussten, dass Aaron einen Handel mit ihnen im Auge hatte. Nur zwei hatten ihn gesehen, und zwar an demselben Tage, an welchem er ausgegangen. Es war darüber sehr spät geworden. Die große Angst trieb das Weib nach Haus, wo sie ihren Mann wiederzufinden eine schwache Hoffnung nährte. So waren sie im Brederholz vom Gewitter überfallen worden und hatten unter einer großen, am Berghange stehenden Buche Schutz gesucht; der Hund hatte unterdessen auf eine auffallende Weise umhergestöbert und sich endlich, trotz allem Locken, im Walde verlaufen. Mit einem Male sieht die Frau beim Leuchten des Blitzes etwas Weißes neben sich im Moose. Es ist der Stab ihres Mannes, und fast im selben Augenblicke bricht der Hund durchs Gebüsch und trägt etwas im Maule: es ist der Schuh ihres Mannes. Nicht lange, so ist in einem mit dürrem Laube gefüllten Graben der Leichnam des Juden gefunden. – Dies war die Angabe des Knechtes, von der Frau nur im Allgemeinen unterstützt; ihre übergroße Spannung hatte nachgelassen und sie schien jetzt halb verwirrt oder vielmehr stumpfsinnig. – »Aug um Auge, Zahn um Zahn!«, dies waren die einzigen Worte, die sie zuweilen hervorstieß.

In derselben Nacht noch wurden die Schützen aufgeboten, um Friedrich zu verhaften. Der Anklage bedurfte es nicht, da Herr von S. selbst Zeuge eines Auftritts gewesen war, der den dringendsten Verdacht auf ihn werfen musste; zudem die Gespenstergeschichte von jenem Abende, das Aneinanderschlagen der Stäbe im Brederholz, der Schrei aus der Höhe. Da der Amtsschreiber gerade abwesend war, so betrieb Herr von S. selbst alles rascher, als sonst geschehen wäre. Dennoch begann die Dämmerung bereits anzubrechen, bevor die Schützen so geräuschlos wie möglich das Haus der armen Margreth umstellt hatten. Der Gutsherr sel-

---

10 **Buche:** der titelgebende Baum | 22 **Aug um Auge, Zahn um Zahn!:** Spruch aus dem Alten Testament (2 Mose 21,24), altertümliches Rechtsprinzip, nur das genau mit dem zu vergelten, was einem angetan wurde, also nicht etwa in ausufernde Blutrache zu verfallen | 24 **die Schützen:** Bürgerschützen, Landwehr

ber pochte an; es währte kaum eine Minute, bis geöffnet ward und Margreth völlig gekleidet in der Türe erschien. Herr von S. fuhr zurück; er hätte sie fast nicht erkannt, so blass und steinern sah sie aus.

»Wo ist Friedrich?«, fragte er mit unsicherer Stimme. – »Sucht ihn«, antwortete sie und setzte sich auf einen Stuhl. Der Gutsherr zögerte noch einen Augenblick. »Herein, herein!«, sagte er dann barsch; »worauf warten wir?« Man trat in Friedrichs Kammer. Er war nicht da, aber das Bett noch warm. Man stieg auf den Söller, in den Keller, stieß ins Stroh, schaute hinter jedes Fass, sogar in den Backofen; er war nicht da. Einige gingen in den Garten, sahen hinter den Zaun und in die Apfelbäume hinauf; er war nicht zu finden. – »Entwischt!«, sagte der Gutsherr mit sehr gemischten Gefühlen: der Anblick der alten Frau wirkte gewaltig auf ihn. »Gebt den Schlüssel zu jenem Koffer.« – Margreth antwortete nicht. – »Gebt den Schlüssel!«, wiederholte der Gutsherr, und merkte jetzt erst, dass der Schlüssel steckte. Der Inhalt des Koffers kam zum Vorschein: des Entflohenen gute Sonntagskleider und seiner Mutter ärmlicher Staat; dann zwei Leichenhemden mit schwarzen Bändern, das eine für einen Mann, das andere für eine Frau gemacht. Herr von S. war tief erschüttert. Ganz zuunterst auf dem Boden des Koffers lag die silberne Uhr und einige Schriften von sehr leserlicher Hand, eine derselben von einem Manne unterzeichnet, den man in starkem Verdacht der Verbindung mit den Holzfrevlern hatte. Herr von S. nahm sie mit zur Durchsicht, und man verließ das Haus, ohne dass Margreth ein anderes Lebenszeichen von sich gegeben hätte, als dass sie unaufhörlich die Lippen nagte und mit den Augen zwinkerte.

Im Schlosse angelangt, fand der Gutsherr den Amtsschreiber, der schon am vorigen Abend heimgekommen war und behauptete, die ganze Geschichte verschlafen zu haben,

---

10 **Söller:** Balkon

da der gnädige Herr nicht nach ihm geschickt. – »Sie kommen immer zu spät«, sagte Herr von S. verdrießlich. »War denn nicht irgendein altes Weib im Dorfe, das Ihrer Magd die Sache erzählte? und warum weckte man Sie dann nicht?« – »Gnädiger Herr«, versetzte Kapp, »allerdings hat meine Anne Marie den Handel um eine Stunde früher erfahren als ich; aber sie wusste, dass Ihre Gnaden die Sache selbst leiteten, und dann«, fügte er mit klagender Miene hinzu, »dass ich so todmüde war.« – »Schöne Polizei!«, murmelte der Gutsherr, »jede alte Schachtel im Dorf weiß Bescheid, wenn es recht geheim zugehen soll.« Dann fuhr er heftig fort: »Das müsste wahrhaftig ein dummer Teufel von Delinquenten sein, der sich packen ließe!«

Beide schwiegen eine Weile. – »Mein Fuhrmann hatte sich in der Nacht verirrt«, hob der Amtsschreiber wieder an; »über eine Stunde lang hielten wir im Walde; es war ein Mordwetter; ich dachte, der Wind werde den Wagen umreißen. Endlich, als der Regen nachließ, fuhren wir in Gottes Namen darauflos, immer in das Zellerfeld hinein, ohne eine Hand vor den Augen zu sehen. Da sagte der Kutscher: wenn wir nur nicht den Steinbrüchen zu nahe kommen! Mir war selbst bange; ich ließ halten und schlug Feuer, um wenigstens etwas Unterhaltung an meiner Pfeife zu haben. Mit einemmale hörten wir ganz nah, perpendikulär unter uns die Glocke schlagen. Ew. Gnaden mögen glauben, dass mir fatal zu Mut wurde. Ich sprang aus dem Wagen, denn seinen eigenen Beinen kann man trauen, aber denen der Pferde nicht. So stand ich, in Kot und Regen, ohne mich zu rühren, bis es gottlob sehr bald anfing zu dämmern. Und wo hielten wir? dicht an der Heerser Tiefe und den Turm von Heerse gerade unter uns. Wären wir noch zwanzig Schritt' weitergefahren, wir wären alle Kinder des Todes gewesen.« – »Das war in der Tat kein Spaß«, versetzte der Gutsherr, halb versöhnt.

---

13 **Delinquenten:** Übeltäter, Verbrecher | 24 **perpendikulär:** senkrecht

Er hatte unterdessen die mitgenommenen Papiere durchgesehen. Es waren Mahnbriefe um geliehene Gelder, die meisten von Wucherern. – »Ich hätte nicht gedacht«, murmelte er, »dass die Mergels so tief drin steckten.« – »Ja, und dass es so an den Tag kommen muss«, versetzte Kapp; »das wird kein kleiner Ärger für Frau Margreth sein.« – »Ach Gott, die denkt jetzt daran nicht!« – Mit diesen Worten stand der Gutsherr auf und verließ das Zimmer, um mit Herrn Kapp die gerichtliche Leichenschau vorzunehmen. – Die Untersuchung war kurz, gewaltsamer Tod erwiesen, der vermutliche Täter entflohen, die Anzeigen gegen ihn zwar gravierend, doch ohne persönliches Geständnis nicht beweisend, seine Flucht allerdings sehr verdächtig. So musste die gerichtliche Verhandlung ohne genügenden Erfolg geschlossen werden.

Die Juden der Umgegend hatten großen Anteil gezeigt. Das Haus der Witwe ward nie leer von Jammernden und Ratenden. Seit Menschengedenken waren nicht so viel Juden beisammen in L. gesehen worden. Durch den Mord ihres Glaubensgenossen aufs Äußerste erbittert, hatten sie weder Mühe noch Geld gespart, dem Täter auf die Spur zu kommen. Man weiß sogar, dass einer derselben, gemeinhin der Wucherjoel genannt, einem seiner Kunden, der ihm mehrere Hunderte schuldete und den er für einen besonders listigen Kerl hielt, Erlass der ganzen Summe angeboten hatte, falls er ihm zur Verhaftung des Mergel verhelfen wolle; denn der Glaube war allgemein unter den Juden, dass der Täter nur mit guter Beihülfe entwischt und wahrscheinlich noch in der Umgegend sei. Als dennoch Alles nichts half und die gerichtliche Verhandlung für beendet erklärt worden war, erschien am nächsten Morgen eine Anzahl der angesehensten Israeliten im Schlosse, um dem gnädigen Herrn einen Handel anzutragen. Der Gegenstand war die Buche, unter der Aarons Stab gefunden und wo der Mord wahr-

---

12 **gravierend:** schwer | 28 **Beihülfe:** Beistand, Hilfe

scheinlich verübt worden war. – »Wollt ihr sie fällen? so mitten im vollen Laube?«, fragte der Gutsherr. – »Nein, Ihro Gnaden, sie muss stehen bleiben im Winter und Sommer, so lange ein Span daran ist.« – »Aber wenn ich nun den Wald hauen lasse, so schadet es dem jungen Aufschlag.« – »Wollen wir sie doch nicht um gewöhnlichen Preis.« – Sie boten 200 Taler. Der Handel ward geschlossen und allen Förstern streng eingeschärft, die Judenbuche auf keine Weise zu schädigen. Darauf sah man an einem Abende wohl gegen sechzig Juden, ihren Rabbiner an der Spitze, in das Brederholz ziehen, alle schweigend und mit gesenkten Augen. Sie blieben über eine Stunde im Walde und kehrten dann ebenso ernst und feierlich zurück, durch das Dorf B. bis in das Zellerfeld, wo sie sich zerstreuten und jeder seines Weges ging. Am nächsten Morgen stand an der Buche mit dem Beil eingehauen:

אִם תַּעֲבור בַּמָּקום הַזֶּה יִפְגַּע בָּךְ כַּאֲשֶׁר אַתָּה עָשִׂיתָ לִי׃

Und wo war Friedrich? Ohne Zweifel fort, weit genug, um die kurzen Arme einer so schwachen Polizei nicht mehr fürchten zu dürfen. Er war bald verschollen, vergessen. Ohm Simon redete selten von ihm, und dann schlecht; die Judenfrau tröstete sich am Ende und nahm einen andern Mann. Nur die arme Margreth blieb ungetröstet.

Etwa ein halbes Jahr nachher las der Gutsherr einige eben erhaltene Briefe in Gegenwart des Amtsschreibers. – »Sonderbar, sonderbar!«, sagte er. »Denken Sie sich, Kapp, der Mergel ist vielleicht unschuldig an dem Morde. Soeben schreibt mir der Präsident des Gerichtes zu P.: ›Le vrai n'est pas toujours vraisemblable; das erfahre ich oft in meinem Berufe und jetzt neuerdings. Wissen Sie wohl, dass Ihr lieber Getreuer, Friedrich Mergel, den Juden mag ebenso wenig erschlagen haben, als ich oder Sie? Leider fehlen die Be-

---

10 **Rabbiner:** jüdischer Geistlicher | 17 **אִם תַּעֲבור בַּמָּקום הַזֶּה יִפְגַּע בָּךְ כַּאֲשֶׁר אַתָּה עָשִׂיתָ לִי׃**: »Wenn du dich diesem Ort nahest, so wird es dir ergehen, wie du mir getan hast.«

weise, aber die Wahrscheinlichkeit ist groß. Ein Mitglied der Schlemmingschen Bande (die wir jetzt, nebenbei gesagt, größtenteils unter Schloss und Riegel haben), Lumpenmoises genannt, hat im letzten Verhöre ausgesagt, dass ihn nichts so sehr gereue, als der Mord eines Glaubensgenossen, Aaron, den er im Walde erschlagen und doch nur sechs Groschen bei ihm gefunden habe. Leider ward das Verhör durch die Mittagsstunde unterbrochen, und während wir tafelten, hat sich der Hund von einem Juden an seinem Strumpfband erhängt. Was sagen Sie dazu? Aaron ist zwar ein verbreiteter Name usw.‹ – Was sagen Sie dazu?«, wiederholte der Gutsherr; »und weshalb wäre der Esel von einem Burschen denn gelaufen?« – Der Amtsschreiber dachte nach. – »Nun, vielleicht der Holzfrevel wegen, mit denen wir ja gerade in Untersuchung waren. Heißt es nicht: der Böse läuft vor seinem eigenen Schatten? Mergels Gewissen war schmutzig genug auch ohne diesen Flecken.«

Dabei beruhigte man sich. Friedrich war hin, verschwunden und – Johannes Niemand, der arme, unbeachtete Johannes, am gleichen Tage mit ihm.

Eine schöne, lange Zeit war verflossen, achtundzwanzig Jahre, fast die Hälfte eines Menschenlebens; der Gutsherr war sehr alt und grau geworden, sein gutmütiger Gehülfe Kapp längst begraben. Menschen, Tiere und Pflanzen waren entstanden, gereift, vergangen, nur Schloss B. sah immer gleich grau und vornehm auf die Hütten herab, die wie alte hektische Leute immer fallen zu wollen schienen und immer standen. Es war am Vorabende des Weihnachtfestes, den 24. Dezember 1788. Tiefer Schnee lag in den Hohlwegen, wohl an zwölf Fuß hoch, und eine durchdringende Frostluft machte die Fensterscheiben in der geheizten Stube gefrieren. Mitternacht war nahe, dennoch flimmerten überall matte Lichtchen aus den Schneehügeln, und in jedem

---

2 **Schlemmingschen Bande:** historisch bezeugte Bande um 1780 im Land Hessen. Die Verbindung mit dem Geschehen in der *Judenbuche* ist jedoch erfunden. | 10 **Strumpfband:** Band, das den Strumpf hindert, herunterzurutschen | 16 **vor seinem eigenen Schatten:** vor seinem eigenen Schatten davon | 27 **hektische:** hier: schwindsüchtige

Hause lagen die Einwohner auf den Knien, um den Eintritt des heiligen Christfestes mit Gebet zu erwarten, wie dies in katholischen Ländern Sitte ist, oder wenigstens damals allgemein war. Da bewegte sich von der Breder Höhe herab eine Gestalt langsam gegen das Dorf; der Wanderer schien sehr matt oder krank; er stöhnte schwer und schleppte sich äußerst mühsam durch den Schnee.

An der Mitte des Hanges stand er still, lehnte sich auf seinen Krückenstab und starrte unverwandt auf die Lichtpunkte. Es war so still überall, so tot und kalt; man musste an Irrlichter auf Kirchhöfen denken. Nun schlug es zwölf im Turm; der letzte Schlag verdröhnte langsam und im nächsten Hause erhob sich ein leiser Gesang, der, von Hause zu Hause schwellend, sich über das ganze Dorf zog:

Ein Kindelein so löbelich
Ist uns geboren heute,
Von einer Jungfrau säuberlich,
Des freun sich alle Leute;
Und wär das Kindelein nicht geborn,
So wären wir alle zusammen verlorn:
Das Heil ist unser Aller.
O du mein liebster Jesu Christ,
Der du als Mensch geboren bist,
Erlös uns von der Hölle!

Der Mann am Hange war in die Knie gesunken und versuchte mit zitternder Stimme einzufallen; es ward nur ein lautes Schluchzen daraus, und schwere, heiße Tropfen fielen in den Schnee. Die zweite Strophe begann; er betete leise mit; dann die dritte und vierte. Das Lied war geendigt und die Lichter in den Häusern begannen sich zu bewegen. Da richtete der Mann sich mühselig auf und schlich langsam hinab in das Dorf. An mehreren Häusern keuchte er vorüber, dann stand er vor einem still und pochte leise an.

---

11 **Irrlichter:** Seelen ungetauft gestorbener Kinder, welche die Menschen verlocken (Volksaberglaube) | 15–24 **Ein Kindelein … Hölle!:** aus dem 15. Jahrhundert stammendes, vierstrophiges Kirchenlied, das im frühen 19. Jahrhundert im Münsterland besonders beliebt war | 29 **vierte:** das Lied hatte tatsächlich vier Strophen

»Was ist denn das?«, sagte drinnen eine Frauenstimme; »die Türe klappert und der Wind geht doch nicht.« – Er pochte stärker: »Um Gottes willen, lasst einen halberfrorenen Menschen ein, der aus der türkischen Sklaverei kommt!« – Geflüster in der Küche. »Geht ins Wirtshaus«, antwortete eine andere Stimme, »das fünfte Haus von hier!« – »Um Gottes Barmherzigkeit willen, lasst mich ein! ich habe kein Geld.« – Nach einigem Zögern ward die Tür geöffnet und ein Mann leuchtete mit der Lampe hinaus. – »Kommt nur herein!«, sagte er dann, »Ihr werdet uns den Hals nicht abschneiden.«

In der Küche befanden sich außer dem Manne eine Frau in den mittlern Jahren, eine alte Mutter und fünf Kinder. Alle drängten sich um den Eintretenden her und musterten ihn mit scheuer Neugier. Eine armselige Figur! mit schiefem Halse, gekrümmtem Rücken, die ganze Gestalt gebrochen und kraftlos; langes, schneeweißes Haar hing um sein Gesicht, das den verzogenen Ausdruck langen Leidens trug. Die Frau ging schweigend an den Herd und legte frisches Reisig zu. – »Ein Bett können wir Euch nicht geben«, sagte sie; »aber ich will hier eine gute Streu machen; Ihr müsst Euch schon so behelfen.« – »Gott's Lohn!«, versetzte der Fremde; »ich bin's wohl schlechter gewohnt.« – Der Heimgekehrte ward als Johannes Niemand erkannt, und er selbst bestätigte, dass er derselbe sei, der einst mit Friedrich Mergel entflohen.

Das Dorf war am folgenden Tage voll von den Abenteuern des so lange Verschollenen. Jeder wollte den Mann aus der Türkei sehen, und man wunderte sich beinahe, dass er noch aussehe wie andere Menschen. Das junge Volk hatte zwar keine Erinnerungen von ihm, aber die Alten fanden seine Züge noch ganz wohl heraus, so erbärmlich entstellt er auch war. »Johannes, Johannes, was seid Ihr grau geworden!«, sagte eine alte Frau. »Und woher habt Ihr den schie-

---

20 **Reisig:** dünne Äste | 21 **eine gute Streu machen:** ein Lager aus Stroh oder anderen Bestandteilen von Pflanzen bereiten

fen Hals?« – »Vom Holz- und Wassertragen in der Sklaverei«, versetzte er. – »Und was ist aus Mergel geworden? Ihr seid doch zusammen fortgelaufen?« – »Freilich wohl; aber ich weiß nicht, wo er ist, wir sind voneinander gekommen. Wenn Ihr an ihn denkt, betet für ihn«, fügte er hinzu, »er wird es wohl nötig haben.«

Man fragte ihn, warum Friedrich sich denn aus dem Staube gemacht, da er den Juden doch nicht erschlagen? – »Nicht?«, sagte Johannes und horchte gespannt auf, als man ihm erzählte, was der Gutsherr geflissentlich verbreitet hatte, um den Fleck von Mergels Namen zu löschen. »Also ganz umsonst«, sagte er nachdenkend, »ganz umsonst so viel ausgestanden!« Er seufzte tief und fragte nun seinerseits nach Manchem. Simon war lange tot, aber zuvor noch ganz verarmt, durch Prozesse und böse Schuldner, die er nicht gerichtlich belangen durfte, weil es, wie man sagte, zwischen ihnen keine reine Sache war. Er hatte zuletzt Bettelbrot gegessen und war in einem fremden Schuppen auf dem Stroh gestorben. Margreth hatte länger gelebt, aber in völliger Geistesdumpfheit. Die Leute im Dorf waren es bald müde geworden, ihr beizustehen, da sie alles verkommen ließ, was man ihr gab, wie es denn die Art der Menschen ist, gerade die Hülflosesten zu verlassen, solche, bei denen der Beistand nicht nachhaltig wirkt und die der Hülfe immer gleich bedürftig bleiben. Dennoch hatte sie nicht eigentlich Not gelitten; die Gutsherrschaft sorgte sehr für sie, schickte ihr täglich das Essen und ließ ihr auch ärztliche Behandlung zukommen, als ihr kümmerlicher Zustand in völlige Abzehrung übergegangen war. In ihrem Hause wohnte jetzt der Sohn des ehemaligen Schweinehirten, der an jenem unglücklichen Abende Friedrichs Uhr so sehr bewundert hatte. – »Alles hin, Alles tot!«, seufzte Johannes.

Am Abend, als es dunkel geworden war und der Mond schien, sah man ihn im Schnee auf dem Kirchhofe umher-

---

17f. **Bettelbrot:** erbetteltes Brot | 23 **Hülflosesten:** Hilflosesten | 24 **Hülfe:** Hilfe

humpeln; er betete bei keinem Grabe, ging auch an keines dicht hinan, aber auf einige schien er aus der Ferne starre Blicke zu heften. So fand ihn der Förster Brandis, der Sohn des Erschlagenen, den die Gutsherrschaft abgeschickt hatte, ihn ins Schloss zu holen.

Beim Eintritt in das Wohnzimmer sah er scheu umher, wie vom Licht geblendet, und dann auf den Baron, der sehr zusammengefallen in seinem Lehnstuhl saß, aber noch immer mit den hellen Augen und dem roten Käppchen auf dem Kopfe wie vor achtundzwanzig Jahren; neben ihm die gnädige Frau, auch alt, sehr alt geworden.

»Nun, Johannes«, sagte der Gutsherr, »erzähl mir einmal recht ordentlich von deinen Abenteuern. Aber«, er musterte ihn durch die Brille, »du bist ja erbärmlich mitgenommen in der Türkei!« – Johannes begann: wie Mergel ihn nachts von der Herde abgerufen und gesagt, er müsse mit ihm fort. – »Aber warum lief der dumme Junge denn? du weißt doch, dass er unschuldig war?« – Johannes sah vor sich nieder: »Ich weiß nicht recht, mich dünkt, es war wegen Holzgeschichten. Simon hatte so allerlei Geschäfte; mir sagte man nichts davon, aber ich glaube nicht, dass Alles war, wie es sein sollte.« – »Was hat denn Friedrich dir gesagt?« – »Nichts, als dass wir laufen müssten, sie wären hinter uns her. So liefen wir bis Heerse; da war es noch dunkel und wir versteckten uns hinter das große Kreuz am Kirchhofe, bis es etwas heller würde, weil wir uns vor den Steinbrüchen am Zellerfelde fürchteten; und wie wir eine Weile gesessen hatten, hörten wir mit einem Male über uns schnauben und stampfen und sahen lange Feuerstrahlen in der Luft gerade über dem Heerser Kirchturm. Wir sprangen auf und liefen, was wir konnten in Gottes Namen gerade aus, und wie es dämmerte, waren wir wirklich auf dem rechten Wege nach P.«

Johannes schien noch vor der Erinnerung zu schaudern,

und der Gutsherr dachte an seinen seligen Kapp und dessen Abenteuer am Heerser Hange. – »Sonderbar!«, lachte er, »so nah wart ihr einander! aber fahr fort.« – Johannes erzählte nun, wie sie glücklich durch P. und über die Grenze ↗ gekommen. Von da an hatten sie sich als wandernde Handwerksbursche durchgebettelt bis Freiburg im Breisgau. »Ich hatte meinen Brotsack bei mir«, sagte er, »und Friedrich ein Bündelchen; so glaubte man uns.« – In Freiburg hatten sie sich von den Österreichern anwerben lassen: ihn hatte man nicht gewollt, aber Friedrich bestand darauf. So kam er unter den Train. »Den Winter über blieben wir in Freiburg«, fuhr er fort, »und es ging uns ziemlich gut; mir auch, weil Friedrich mich oft erinnerte und mir half, wenn ich etwas verkehrt machte. Im Frühling mussten wir marschieren, ↗ nach Ungarn, und im Herbst ging der Krieg mit den Türken los. Ich kann nicht viel davon nachsagen, denn ich wurde gleich in der ersten Affaire gefangen und bin seitdem sechsundzwanzig Jahre in der türkischen Sklaverei gewesen!« – »Gott im Himmel! das ist doch schrecklich!«, sagte Frau von S. – »Schlimm genug; die Türken halten uns Christen nicht besser als Hunde; das Schlimmste war, dass meine Kräfte unter der harten Arbeit vergingen; ich ward auch älter und sollte noch immer tun wie vor Jahren.«

Er schwieg eine Weile. »Ja«, sagte er dann, »es ging über Menschenkräfte und Menschengeduld; ich hielt es auch nicht aus. – Von da kam ich auf ein holländisches Schiff.« – »Wie kamst du denn dahin?«, fragte der Gutsherr. – »Sie fischten mich auf, aus dem Bosporus«, versetzte Johannes. ↗ Der Baron sah ihn befremdet an und hob den Finger warnend auf; aber Johannes erzählte weiter. Auf dem Schiffe war es ihm nicht viel besser gegangen. »Der Skorbut riss ein; wer nicht ganz elend war, musste über Macht arbeiten, und das Schiffstau regierte ebenso streng wie die türkische Peitsche. Endlich«, schloss er, »als wir nach Holland kamen,

---

11 **Train:** Tross, Truppe, die für den Nachschub sorgt | 17 **Affaire:** Gefecht | 28 **Bosporus:** Meerenge zwischen Europa und Kleinasien (der Bosporus trennt die Stadt Istanbul in zwei Teile) | 31 **Skorbut:** Vitaminmangelkrankheit, die tödlich enden kann | 32 **über Macht:** mehr, als in seiner Macht stand

nach Amsterdam, ließ man mich frei, weil ich unbrauchbar war, und der Kaufmann, dem das Schiff gehörte, hatte auch Mitleiden mit mir und wollte mich zu seinem Pförtner machen. Aber« – er schüttelte den Kopf – »ich bettelte mich lieber durch bis hieher.« – »Das war dumm genug«, sagte der Gutsherr. – Johannes seufzte tief: »O Herr, ich habe mein Leben zwischen Türken und Ketzern zubringen müssen, soll ich nicht wenigstens auf einem katholischen Kirchhofe liegen?« Der Gutsherr hatte seine Börse gezogen: »Da, Johannes, nun geh und komm bald wieder. Du musst mir das Alles noch ausführlicher erzählen; heute ging es etwas konfus durcheinander. Du bist wohl noch sehr müde?« – »Sehr müde«, versetzte Johannes; »und«, er deutete auf seine Stirn, »meine Gedanken sind zuweilen so kurios, ich kann nicht recht sagen, wie es so ist.« – »Ich weiß schon«, sagte der Baron, »von alter Zeit her. Jetzt geh. Hülsmeyers behalten dich wohl noch die Nacht über, morgen komm wieder.«

Herr von S. hatte das innigste Mitleiden mit dem armen Schelm; bis zum folgenden Tage war überlegt worden, wo man ihn einmieten könne; essen sollte er täglich im Schlosse, und für Kleidung fand sich auch wohl Rat. »Herr«, sagte Johannes, »ich kann auch noch wohl etwas tun; ich kann hölzerne Löffel machen, und Ihr könnt mich auch als Boten schicken.« Herr von S. schüttelte mitleidig den Kopf: »Das würde doch nicht sonderlich ausfallen.« – »O doch Herr, wenn ich erst im Gange bin – es geht nicht schnell, aber hin komme ich doch, und es wird mir auch nicht so sauer, wie man denken sollte.« – »Nun«, sagte der Baron zweifelnd, »willst du's versuchen? hier ist ein Brief nach P. Es hat keine sonderliche Eile.«

Am folgenden Tage bezog Johannes sein Kämmerchen bei einer Witwe im Dorfe. Er schnitzelte Löffel, aß auf dem Schlosse und machte Botengänge für den gnädigen Herrn.

---

12 **konfus:** verwirrt, wirr | 14 **kurios:** seltsam, ungewöhnlich | 20 **Schelm:** wüstes Schimpfwort, vgl. Fn. 10,30; hier durch das Adjektiv »arm« abgemildert, etwa »armer Teufel« | 26 **sonderlich:** besonders gut

Im Ganzen ging's ihm leidlich; die Herrschaft war sehr gütig, und Herr von S. unterhielt sich oft lange mit ihm über die Türkei, den österreichischen Dienst und die See. – »Der Johannes könnte viel erzählen«, sagte er zu seiner Frau, »wenn er nicht so grundeinfältig wäre.« – »Mehr tiefsinnig als einfältig«, versetzte sie; »ich fürchte immer, er schnappt noch über.« – »Ei bewahre!«, antwortete der Baron, »er war sein Leben lang ein Simpel; simple Leute werden nie verrückt.«

Nach einiger Zeit blieb Johannes auf einem Botengange über Gebühr lange aus. Die gute Frau von S. war sehr besorgt um ihn und wollte schon Leute aussenden, als man ihn die Treppe heraufstelzen hörte. – »Du bist lange ausgeblieben, Johannes«, sagte sie; »ich dachte schon, du hättest dich im Brederholz verirrt.« – »Ich bin durch den Föhrengrund gegangen.« – »Das ist ja ein weiter Umweg; warum gingst du nicht durchs Brederholz?« – Er sah trübe zu ihr auf: »Die Leute sagten mir, der Wald sei gefällt, und jetzt seien so viele Kreuz- und Querwege darin, da fürchtete ich, nicht wieder hinauszukommen. Ich werde alt und duselig«, fügte er langsam hinzu. – »Sahst du wohl«, sagte Frau von S. nachher zu ihrem Manne, »wie wunderlich und quer er aus den Augen sah? Ich sage dir, Ernst, das nimmt noch ein schlimmes Ende.«

Indessen nahte der September heran. Die Felder waren leer, das Laub begann abzufallen und mancher Hektische fühlte die Schere an seinem Lebensfaden. Auch Johannes schien unter dem Einflusse des nahen Äquinoktiums zu leiden; die ihn in diesen Tagen sahen, sagen, er habe auffallend verstört ausgesehen und unaufhörlich leise mit sich selber geredet, was er auch sonst mitunter tat, aber selten. Endlich kam er eines Abends nicht nach Hause. Man dachte, die Herrschaft habe ihn verschickt, am zweiten auch nicht, am dritten Tage ward seine Hausfrau ängstlich. Sie ging ins

---

5 **nicht so grundeinfältig:** wie Johannes auch vorher charakterisiert wurde | 8 **ein Simpel:** ein Einfältiger, Einfacher | 20 **duselig:** schwindelig, benommen | 26 **Hektische:** Schwindsüchtige | 28 **Äquinoktiums:** Tag- und Nachtgleiche bei Frühlings- und Herbstbeginn | 33 **verschickt:** ausgeschickt

Schloss und fragte nach. – »Gott bewahre«, sagte der Gutsherr, »ich weiß nichts von ihm; aber geschwind den Jäger gerufen und Försters Wilhelm! Wenn der armselige Krüppel«, setzte er bewegt hinzu, »auch nur in einen trockenen Graben gefallen ist, so kann er nicht wieder heraus. Wer weiß, ob er nicht gar eines von seinen schiefen Beinen gebrochen hat! – Nehmt die Hunde mit«, rief er den abziehenden Jägern nach, »und sucht vor Allem in den Gräben; seht in die Steinbrüche!«, rief er lauter.

Die Jäger kehrten nach einigen Stunden heim; sie hatten keine Spur gefunden. Herr von S. war in großer Unruhe: »Wenn ich mir denke, dass einer so liegen muss wie ein Stein, und kann sich nicht helfen! Aber er kann noch leben; drei Tage hält's ein Mensch wohl ohne Nahrung aus.« – Er machte sich selbst auf den Weg; in allen Häusern wurde nachgefragt, überall in die Hörner geblasen, gerufen, die Hunde zum Suchen angehetzt – umsonst! – Ein Kind hatte ihn gesehen, wie er am Rande des Brederholzes saß und an einem Löffel schnitzelte; »er schnitt ihn aber ganz entzwei«, sagte das kleine Mädchen. Das war vor zwei Tagen gewesen. Nachmittags fand sich wieder eine Spur: abermals ein Kind, das ihn an der andern Seite des Waldes bemerkt hatte, wo er im Gebüsch gesessen, das Gesicht auf den Knien, als ob er schliefe. Das war noch am vorigen Tage. Es schien, er hatte sich immer um das Brederholz herumgetrieben.

»Wenn nur das verdammte Buschwerk nicht so dicht wäre! da kann keine Seele hindurch«, sagte der Gutsherr. Man trieb die Hunde in den jungen Schlag; man blies und hallohte und kehrte endlich missvergnügt heim, als man sich überzeugt, dass die Tiere den ganzen Wald abgesucht hatten. – »Lasst nicht nach! lasst nicht nach!«, bat Frau von S.; »besser ein paar Schritte umsonst, als dass etwas versäumt wird.« – Der Baron war fast ebenso beängstigt wie sie. Seine Unruhe trieb ihn sogar nach Johannes' Wohnung, obwohl

---

28 **Schlag:** Waldfläche, die verjüngt werden soll

er sicher war, ihn dort nicht zu finden. Er ließ sich die Kammer des Verschollenen aufschließen. Da stand sein Bett noch ungemacht, wie er es verlassen hatte; dort hing sein guter Rock, den ihm die gnädige Frau aus dem alten Jagdkleide des Herrn hatte machen lassen; auf dem Tische ein Napf, sechs neue hölzerne Löffel und eine Schachtel. Der Gutsherr öffnete sie; fünf Groschen lagen darin, sauber in Papier gewickelt, und vier silberne Westenknöpfe; der Gutsherr betrachtete sie aufmerksam. »Ein Andenken von Mergel«, murmelte er und trat hinaus, denn ihm ward ganz beengt in dem dumpfen, engen Kämmerchen. Die Nachsuchungen wurden fortgesetzt, bis man sich überzeugt hatte, Johannes sei nicht mehr in der Gegend, wenigstens nicht lebendig. So war er denn zum zweiten Mal verschwunden; ob man ihn wiederfinden würde – vielleicht einmal nach Jahren seine Knochen in einem trockenen Graben? ihn lebend wieder zu sehen, dazu war wenig Hoffnung, und jedenfalls nach achtundzwanzig Jahren gewiss nicht.

Vierzehn Tage später kehrte der junge Brandis morgens von einer Besichtigung seines Reviers durch das Brederholz heim. Es war ein für die Jahreszeit ungewöhnlich heißer Tag; die Luft zitterte, kein Vogel sang, nur die Raben krächzten langweilig aus den Ästen und hielten ihre offenen Schnäbel der Luft entgegen. Brandis war sehr ermüdet. Bald nahm er seine von der Sonne durchglühte Kappe ab, bald setzte er sie wieder auf. Es war Alles gleich unerträglich, das Arbeiten durch den kniehohen Schlag sehr beschwerlich. Rings umher kein Baum außer der Judenbuche. Dahin strebte er denn auch aus allen Kräften und ließ sich todmatt auf das beschattete Moos darunter nieder. Die Kühle zog so angenehm durch seine Glieder, dass er die Augen schloss. »Schändliche Pilze!«, murmelte er halb im Schlaf. Es gibt nämlich in jener Gegend eine Art sehr saftiger Pilze, die nur ein paar Tage stehen, dann einfallen und einen unerträg-

---

32 **Pilze:** vermutlich Stinkmorchel, Pilze, die jedoch nur ausgewachsen stinken, nicht aber im späteren Verfallsstadium

lichen Geruch verbreiten. Brandis glaubte solche unangenehmen Nachbarn zu spüren, er wandte sich ein paarmal hin und her, mochte aber doch nicht aufstehen; sein Hund sprang unterdessen umher, kratzte am Stamm der Buche und bellte hinauf. – »Was hast du da, Bello? eine Katze?«, murmelte Brandis. Er öffnete die Wimper halb und die Judenschrift fiel ihm ins Auge, sehr ausgewachsen, aber doch noch ganz kenntlich. Er schloss die Augen wieder; der Hund fuhr fort zu bellen und legte endlich seinem Herrn die kalte Schnauze ans Gesicht. – »Lass mich in Ruh! was hast du denn?« Hiebei sah Brandis, wie er so auf dem Rücken lag, in die Höhe, sprang dann mit einem Satze auf und wie besessen ins Gestrüpp hinein. Totenbleich kam er auf dem Schlosse an: in der Judenbuche hänge ein Mensch; er habe die Beine gerade über seinem Gesichte hängen sehen. – »Und du hast ihn nicht abgeschnitten, Esel?«, rief der Baron. – »Herr«, keuchte Brandis, »wenn Ew. Gnaden da gewesen wären, so wüssten Sie wohl, dass der Mensch nicht mehr lebt. Ich glaubte anfangs, es seien die Pilze.« Dennoch trieb der Gutsherr zur größten Eile und zog selbst mit hinaus.

Sie waren unter der Buche angelangt. »Ich sehe nichts«, sagte Herr von S. – »Hierher müssen Sie treten, hierher, an diese Stelle!« – Wirklich, dem war so: der Gutsherr erkannte seine eigenen abgetragenen Schuhe. – »Gott, es ist Johannes! – Setzt die Leiter an! – so – nun herunter! – sacht, sacht! lasst ihn nicht fallen! – Lieber Himmel, die Würmer sind schon daran! Macht dennoch die Schlinge auf und die Halsbinde.« – Eine breite Narbe ward sichtbar; der Gutsherr fuhr zurück. – »Mein Gott!«, sagte er; er beugte sich wieder über die Leiche, betrachtete die Narbe mit großer Aufmerksamkeit und schwieg eine Weile in tiefer Erschütterung. Dann wandte er sich zu den Förstern: »Es ist nicht recht, dass der Unschuldige für den Schuldigen leide;

sagt es nur allen Leuten: der da« – er deutete auf den Toten – »war Friedrich Mergel.« – Die Leiche ward auf dem Schindanger verscharrt.

Dies hat sich nach allen Hauptumständen wirklich so begeben im September des Jahrs 1788. – Die hebräische Schrift an dem Baume heißt:

»Wenn du dich diesem Orte nahest, so wird es dir ergehen, wie du mir getan hast.«

Anhang

1. Zur Textgestalt

Der Werktext der vorliegenden Ausgabe ist seiten- und zeilengleich mit der Ausgabe der Universal-Bibliothek Nr. 1858; er folgt dem Erstdruck des Werkes im Cotta'schen *Morgenblatt für gebildete Leser*, 1842. Die Orthographie wurde auf der Grundlage der gültigen amtlichen Rechtschreibregeln behutsam modernisiert; der originale Lautstand und grammatische Eigenheiten wie z.B. die Großschreibung von Indefinitpronomina und die Kleinschreibung nach Fragezeichen in wörtlicher Rede blieben gewahrt. Einige wenige Druckversehen wurden nach der Edition von Heinz Rölleke (1970) und der historisch-kritischen Ausgabe (Bd. 5,1, bearbeitet von Walter Huge, 1978) korrigiert. Die Schreibung des hebräischen Spruches (S. 46) wurde nach der Textgestalt der historisch-kritischen Ausgabe verbessert. Die Interpunktion folgt der Druckvorlage.

Zu den Wort- und Sacherläuterungen

Die Wort- und Sacherläuterungen basieren in Teilen auf den Erläuterungen in: Annette von Droste-Hülshoff, *Die Judenbuche*, Anm. von Walter Huge, Stuttgart: Reclam, 1975 [u.ö.], und: Walter Huge: *Erläuterungen und Dokumente. Annette von Droste-Hülshoff, »Die Judenbuche«*, Stuttgart: Reclam, 1979 [u.ö.].

2. Anmerkungen

1,3 **Sittengemälde:** im Biedermeier beliebte Form der Schilderung der Lebensformen eines Volkes mit Bezug auf landschaftliche und soziale Verhältnisse.

3,1–12: **Wo ist ... Haupt!:** vermutlich von der Droste selbst formulierter Vorspruch. Anspielung auf das Gebot des Neuen Testaments: »Wer unter euch ohne Sünde ist, der werfe den ersten Stein auf sie« (Joh. 8,7) oder »Richtet nicht, auf dass ihr nicht gerichtet werdet« (Mt. 7,1 f.).

3,14 **Halbmeiers:** Halbmeier: Bauer, der dazu verpflichtet war, einen bestimmten Zins an seinen Grundherrn abzuführen. In Bökendorf leisteten die Halbmeier außer Geldzahlungen noch 10,5 Tage Dienst am Pflug ab.

3,15 **im Dorfe B.:** Gemeint ist Bellersen, ca. 8 km östlich von Paderborn zwischen dem Teutoburger Wald und der Weser.

8,2 **Fest der Heiligen Drei Könige:** katholischer Feiertag, der auf den 6. Januar fällt und in vielen Gebieten Deutschlands als »Dreikönigsfest« oder »Dreikönigstag« begangen wird. Gefeiert wird die Erscheinung des Herrn, auch »Epiphanie« oder »Epiphanias« genannt. Die Nächte in der Zeit nach Weihnachten galten im Volksaberglauben als besonders gefährlich.

9,3 **Gegrüßt ... Maria!:** »Gegrüßet seist du, Maria« (lat.: »Ave Maria«): eines der wichtigsten Gebete in der katholischen Kirche, aus zwei Teilen bestehend, nämlich der Marienanrede und der Bitte um Fürbitten bzw. um Beistand in der Todesstunde (»Gegrüßet seist du, Maria, / voll der Gnade, / der Herr ist mit dir, / du bist gebenedeit unter den Frauen, / und gebenedeit ist die Frucht deines Leibes, Jesus. – / Heilige Maria, Mutter Gottes, / bitte für uns Sünder / jetzt und in der Stunde unseres Todes«).

9,4 **Rosenkranzes:** Rosenkranz: meint Abfolge der drei Gebete »Vaterunser«, »Ave Maria« bzw. »Gegrüßet seist du, Maria« (vgl. Anm. 9,3) und »Ehre sei dem Vater«, das am weitesten verbreitete katholische Gebet, das mit einer Zähl- oder Gebetskette gezählt wird.

9,7f. **Vaterunser ... Wasser- und Feuersnot:** Solche Bitten kommen im Vaterunser nicht vor.

11,16–27 **Es ist ... lauschen sehen:** Nach dem Volksglauben wird derjenige zum Wiedergänger, der ohne Buße und Absolution eines gewaltsamen Todes stirbt. Die ruhelose Seele erscheint dann häufig in feuriger Gestalt. Darauf verweisen die Worte »O weh, meine arme Seele« (40,20), die zwei Knechte zur Zeit des Judenmordes gehört haben wollen und die sie Mergels Geist zuschreiben.

11,23 **»Hör mal an, feins Lieseken«:** volksliedhafter Vers mit jedoch unbekannter Herkunft.

12,4f. **vor dem Kopf ... ein Hecht:** sinnbildlich für den verbrecherischen und unheimlichen Charakter Simons.

14,17–21 **Simon voran ... büßt:** Simon wird in die Nähe einer teuflischen Erscheinung gerückt, indem er nach dem Vergleich mit dem Hecht (vgl. 12,4f.) nun »das Ansehen eines feurigen Mannes« (14,20) (d.h. eines Verdammten) bekommt, der Menschen nach Volksglauben als Wiedergänger erscheint (vgl. Anm. 11,16–27).

18,6 **Spiegelbild:** Friedrich ist nach der Begegnung mit Ohm Simon dem alten, »verkümmerten« Zustand entwachsen. Die Gestalt des Ohms war »das Bild seiner Zukunft«. Hier wird anscheinend seine zurückbleibende Vergangenheit gespiegelt. Die Möglichkeit einer Verwechslung zwischen Friedrich Mergel und Johannes Niemand wird das erste Mal thematisiert.

19,34 **Ein falscher Eid:** Margreth vermutet, dass Johannes Niemand der uneheliche Sohn von Simon sei, was dieser jedoch unter Eid abgestritten hatte.

20,13f. **bei dem Betteln vorbeikommen:** das Betteln verhindern können, ohne Betteln auskommen.

25,33 **wie Kristallkugeln:** Leitmotiv für das übersteigerte Selbstbewusstsein Friedrichs (vgl. die vorstehenden »Fischaugen« des Ohms [12,4]). Hier beschreibt das Bild die Verletzung seines Ehrgefühls.

30,8f. **wenn die Kinder ... ins Herz!:** volkstümliches Sprichwort (von den Brüdern Grimm früher nachgewiesen).

32,33 **Ein Blutfleck ward sichtbar:** Im Mittelalter und in der frühen Neuzeit wurde oft durch die sog. Bahrprobe (der Verdächtige tritt an die Bahre des Ermordeten) versucht, einen Verdächtigen zu überführen: Veränderten sich die Wunden des Ermordeten und begannen etwa zu bluten, war die Schuld nachgewiesen (in den Vorstufen zur *Judenbuche* wurde dieses Motiv deutlicher ausgeführt).

36,10 **der blaue Montag:** Seit dem 14. Jahrhundert praktizierte Sitte, nach einem durchfeierten Wochenende am Montag nicht oder nur wenig zu arbeiten: die Herkunft der Redensart ist unklar (Färber, die blaugefärbte Tücher trocknen lassen mussten und deshalb Freizeit hatten?).

37,16 **wie ein Hecht:** Wiederaufnahme des Hechtmotivs (vgl. die Charakterisierung des Ohms als »Hecht« [12,4f.]).

39,11f. **Bräutigam des hohen Liedes:** Hohes Lied: fälschlich Salomon zugeschriebene Sammlung von Hochzeits- und Liebesliedern im Alten Testament, die auch die Ideale der Liebe feiert; das Zitat bezieht sich jedoch eher auf Psalm 19,5f. (»Er hat der Sonne ein Zelt am Himmel gemacht, sie geht heraus wie ein Bräutigam aus seiner Kammer«), der erneut die Ausnahmeerscheinung des schönen Bräutigams (ganz anders als hier) feiert.

39,34 **Schwein:** Das Schwein gilt im Alten Testament als unreines Tier. Das Aufwiegen gegen ein Schwein ist für die Juden eine extreme Beleidigung und Erniedrigung.

46,28f. **Le vrai n'est pas toujours vraisemblable:** (frz.): »Das Wahre ist nicht immer wahrscheinlich.« Ausspruch des französischen Autors Nicolas Boileau (1636–1711): »Jamais au Spectateur n'offrez rien d'incroyable. Le vrai peu quelquefois n'estre pas vraisamblable.« (Nicolas Boileau, *L'Art poétique*, Chant III, V. 47f.: »Führt dem Zuschauer nie Unglaubwürdiges vor; zuweilen wirkt selbst Tatsächliches unwahrscheinlich.«)

49,24 **ward als Johannes Niemand erkannt:** Er gab also seine Identität nicht zuerst und von sich aus preis.

52,5–8 **wandernde Handwerksbursche ... Brotsack ... Bündelchen:** Wandernde Handwerksburschen gingen zu Fuß als Teil des vorgeschriebenen Ausbildungsweges nach Abschluss ihrer Lehrzeit auf die Walz, um neue Arbeitstechniken und neue Orte kennenzulernen bzw. sich ein Netz von eigenen Verbindungen zu knüpfen. Es war verboten, auch nur der eigenen Heimatstadt nahezukommen. Das eigene Hab und Gut (wenig Kleidung, ausgewähltes Werkzeug) wurde oft in ein Tuch (»Charlottenburger«) gewickelt. Die Walz dauerte z.B. zwei Jahre und einen Tag oder drei Jahre und einen Tag. Friedrich und Johannes konnten sich also leicht als Handwerksgesellen auf der Walz ausgeben.

52,15f. **Krieg mit den Türken:** Da es in dieser Zeitspanne keine kriegerischen Konflikte zwischen Österreich und der Türkei gab, weicht die Erzählung hier von der historischen Wirklichkeit ab.

52,29f. **Der Baron ... warnend auf:** Möglicherweise erscheint dem

Gutsherrn der Fluchtversuch unglaubwürdig, so dass sich die Entrüstung vermutlich nicht auf den Suizidversuch bezieht.

54,27 **Schere an seinem Lebensfaden:** Anspielung auf die drei Parzen in der griech. Mythologie, von denen eine den Lebensfaden spinnt, den die zweite abmisst und den die dritte abschneidet.

57,29 **Eine breite Narbe:** Anspielung auf das biblische Kainsmal, das einem Mörder unauslöschlich anhaftet (1 Mose 4,1–16 über das Mal, das dem Brudermörder Kain gegeben wurde), und auch auf Odysseus (siehe Homers *Odyssee*), der nach langer Irrfahrt – anders als hier bei seiner unmittelbaren Rückkehr – eindeutig an einer Narbe erkannt wird.

58,3 **Schindanger:** Ort, wo der Schinder (Abdecker) dem toten Vieh die Haut abzog. Dort wurden Selbstmörder begraben, weil sie gegen das 5. Gebot (»Du sollst nicht töten«) verstoßen hatten, so dass ihnen ein christliches Begräbnis verweigert wurde.

58,5 **September … 1788:** Unstimmigkeit in der Chronologie: Mergel kehrt am Vorabend des Weihnachtsfestes 1788 zurück, so dass er sich nicht bereits im Herbst 1788 erhängen kann. Korrekt erscheint daher 1789.

3. »Die Droste«: Leben, Werk und Zeit

1797 Am 12. Januar wird Anna Elisabeth (Annette) von Droste-Hülshoff (genannt »Die Droste«) auf Schloss Hülshoff bei Münster in Westfalen geboren. Ihre Eltern, der Vater Clemens August Freiherr Droste zu Hülshoff (1760–1826) und die Mutter Therese Luise, geb. Freiin von Haxthausen (1772–1853), entstammen alten westfälischen Adelsgeschlechtern. Annette und ihre drei Geschwister Maria Anna (Jenny) (1795–1859), Werner Constantin (1798–1867) und Ferdinand (1800–1829) erhalten eine strenge Erziehung durch die Mutter und Elementarunterricht durch einen Hauslehrer.

1804 Früheste erhaltene Verse der Droste. Bis 1808 zeichnet die Mutter etwa 20 Gedichte auf.

1805 Im August/September erster Aufenthalt bei den Großeltern Haxthausen in Bökendorf bei Brakel.

1810 Bei einem Auftritt in einer Theateraufführung im Hohenholter Damenstift stellt Annette ihr schauspielerisches Talent unter Beweis.

1813 Im Sommer erneut bei den Großeltern in Bökendorf,

Abb. 1: Haus Hülshoff
Sepiazeichnung aus einem Stammbuch der Adele Schopenhauer

Abb. 2: Heutige Ansicht von Burg Hülshoff
Fotografie – © Marc Ryckaert

	erste Informationen, die später in die Novelle *Die Judenbuche* Eingang finden. Bekanntschaft mit der Schriftstellerin Catharina Elisabeth Busch (1791–1831), später verheiratete Schücking. Diese bringt 1814 ihren Sohn Levin Schücking zur Welt.
	Entstehung des Dramenfragments *Bertha*.
1815	Erste schwere Erkrankung und Depressionen, unter denen die Schriftstellerin zeitlebens leiden sollte.
1818	Im Sommer in Bökendorf. Reise nach Kassel und Bekanntschaft u.a. mit Amalie Hassenpflug (1800–1871) sowie Jacob (1785–1863) und Ludwig Grimm (1790–1863).
1818–20	Mehrere Aufenthalte in Bökendorf. Liebesbeziehung zu dem Jurastudenten Heinrich Straube (1794–1847), einem Jugendfreund Heinrich Heines. Die Beziehung zerbricht jedoch an einer Familienintrige, und Droste-Hülshoff erleidet erneut eine ernste seelische Krise.
1821	Arbeit an dem Fragment gebliebenen Roman *Ledwina*.
1822	Reise ins Sauerland.

1825	Im Herbst aus gesundheitlichen Gründen Reise an den Rhein. Bekanntschaft mit den Bonner Professoren August Wilhelm Schlegel (1767–1845), Josef Ennemoser (1787–1845) und Eduard d'Alton (1742–1840).
1826	Nach dem plötzlichen Tod des Vaters (21. Juli) Umzug der Familie ins Haus Rüschhaus bei Münster.
1828	Zweiter Aufenthalt am Rhein. Arbeit an dem Versepos *Das Hospiz auf dem Großen St.Bernhard.* Bekanntschaft mit Johanna (1766–1838) und Adele Schopenhauer (1797–1849), der Mutter bzw. der Schwester des Philosophen Arthur Schopenhauer.
1829	Erstellung von Motiv- und Stoffsammlungen mit verschiedenen Handlungskernen, die später der Novelle *Die Judenbuche* zugrunde liegen. Entstehung erster Entwürfe zum Text.
1830/31	Erste Begegnung mit Levin Schücking (1814–1883).
1834	Abschluss der Arbeit am Versepos *Hospiz auf dem Großen St. Bernhard.* Beginn der Freundschaft mit dem blinden Philosophieprofessor Christoph Bernhard Schlüter (1801–1884).
1835	Im August Aufenthalt bei der Schwester Maria Anna (Jenny) von Droste-Hülshoff in Eppischaus (Schweiz). Jenny hatte im Oktober 1834 den Germanisten Joseph von Laßberg (1770–1855) geheiratet.
1836	Rückreise über Heidelberg und Mainz mit einem mehrmonatigen Aufenthalt in Bonn.
1837	Arbeit am Versepos *Die Schlacht im Loener Bruch.*
1838	Umzug der Familie Laßberg von Eppischaus nach Meersburg am Bodensee. Beginn der Liebesbeziehung zu Levin Schücking. Bekanntschaft mit dem Maler Johannes Sprick, der die Droste porträtiert.
1840	Abschluss der Arbeit am 2. Teil des wichtigen Gedichtzyklus *Das Geistliche Jahr.* Abschluss der Arbeit an dem einaktigen Lustspiel *Perdu!*.
1841	Erste Reise nach Meersburg am Bodensee. Dort hatte Joseph von Laßberg eine alte Burg erworben und beschäftigt Levin Schücking als seinen Bibliothekar. Ende Juni Abschluss der *Judenbuche*.

Abb. 3: Annette von Droste-Hülshoff
Ölgemälde von Johannes Sprick, 1838

1842 *Die Judenbuche* erscheint vom 22. April bis 10. Mai in 16 Folgen im *Morgenblatt für gebildete Leser.* Die Novelle wird vom 1. bis 13. Juni im *Westphälischen Anzeiger* nachgedruckt. Arbeit an dem Fragment gebliebenen Westfalen-Roman *Bei uns zuhause auf dem Lande* sowie an den *Westfälischen Schilderungen.*

1843 Januar bis März schwere Krankheit. Im Herbst zweite Reise nach Meersburg.
Am 7. Oktober heiratet Schücking Louise von Gall (1815–1855).
Im November erwirbt Droste-Hülshoff das sogenannte Fürstenhäuschen in Meersburg.

1844 Im Mai Besuch des Ehepaars Schücking in Meersburg. Die Gesamtausgabe der Gedichte der Droste erscheint bei Cotta. Im September Rückkehr ins Rüschhaus.

1845 Erscheinen der *Westfälischen Schilderungen.*

1846 Bruch der Freundschaft mit Levin Schücking und erneute schwere Erkrankung mit Fieber und Erstickungsanfällen.

1847 21. Juli Abfassung des Testaments.

1848 24. Mai Tod im Alter von 51 Jahren in Meersburg durch Herzschlag nach heftigem Bluthusten.
26. Mai Beisetzung auf dem Friedhof in Meersburg.

1860 Veröffentlichung von *Letzte Gaben. Nachgelassene Blätter von Annette Freiin von Droste-Hülshoff*, herausgegeben von Levin Schücking und Jenny von Laßberg. Der Band enthält Gedichte aus dem Nachlass und den ersten zusammenhängenden Druck der *Judenbuche*.

1862 Schücking veröffentlicht unter dem Titel *Annette von Droste-Hülshoff. Ein Lebensbild* die erste Biographie über die Dichterin.

1878/79 Schücking gibt die *Gesammelten Schriften* von Annette Freiin von Droste-Hülshoff in drei Bänden bei Cotta heraus.

Die Novelle *Die Judenbuche* verarbeitet einen historischen Kriminalfall, und zwar einen Mord, der im Februar 1783 an einem Ort zwischen Bellersen und Ovenhausen an dem jüdischen Händler Soistmann Berend begangen wurde. In dieser Gegend lag der Gutsbereich der Freiherren von Haxthausen, der Großeltern von Annette von Droste-Hülshoff. In den Jahren 1805, 1813, 1818 und 1819/20 hielt sich die Droste mehrmals bei ihren Großeltern auf. Dort lernte sie zunächst aus mündlichen Berichten im Familienkreis die Geschichte des Mordes an einem Juden kennen, die sie später in der Novelle aufgreifen sollte. Als wichtigste Quelle diente ihr dabei jedoch der Bericht »Geschichte eines Algierer-Sklaven«, in dem ihr Onkel August von Haxthausen den Mordfall verarbeitet und 1818 in der Göttinger Zeitschrift *Wünschelrute* veröffentlicht hatte. Doch *Die Judenbuche* zeichnet sich trotz erstaunlicher Übereinstimmungen mit dem Bericht des Onkels u.a. durch ein eigenständiges künstlerisches Erzählverfahren aus.

Geschichte eines Algierer-Sklaven[1]

Von A. Freiherrn Haxthausen

Der Bauernvogt von *Ovenhausen* hatte im Herbst 1782 einen Knecht *Hermann Winkelhannes*, mit dem er, weil es ein tüchtiger frischer Bursche, wohl zufrieden war. Dieser hatte bei dem Schutzjuden[2] *Pinnes* in *Vörden* Tuch zum Foerhemd (Camisol) ausgenommen, und als er wohl schon einige Zeit damit umhergegangen und der Jude ihn nun an die Bezahlung mahnt, so läugnet er, verdrießlich, das schon etwas abgetragene, und auch nicht einmal gut ausgefallene Tuch noch theuer bezahlen zu müssen, jenem keck ab, so hoch mit ihm übereingekommen zu seyn, vielmehr habe er die Elle zwei gute Groschen wohlfeiler accordirt[3], und nach manchem Hin- und

1 Die hier niedergeschriebene Geschichte ist wörtlich wahr; viele hundert Leute in der Gegend, wo der Unglückliche lebte, können das bezeugen. [Originalfußnote]

2 *judaeus sub protectione superiorum*: ortsansässige Juden, die durch einen besonderen Schutzbrief des Landesherrn oft zeitlich begrenzte Untertanenrechte erhielten

3 als preiswerter vereinbart

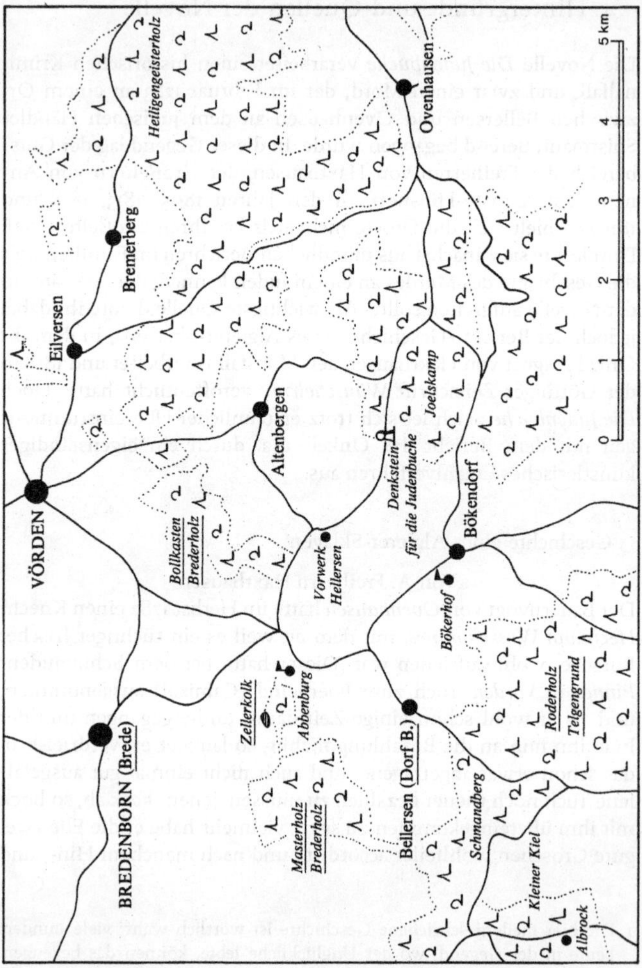

Abb. 4: Karte zum Schauplatz – heutiger Zustand
(Die im Text genannten Ortsbezeichnungen sind unterstrichen)
Aus: Erläuterungen und Dokumente. Annette von Droste-Hülshoff. Die Judenbuche. Hrsg. von Walter Huge. Stuttgart: Reclam, 2011. S. 4.

Herreden sagt er zulezt: »du verflogte Schinnerteven[4] von Jauden, du wust mi man bedreigen, eh ek di den halven Daler in den Rachen smite, well ek mi leiver den kleinen Finger med den Tännen afbiten, un wann de mi noch mal kümmst, so schla ik di de Jacken so vull, dat du de Dage dines Levens an mi gedenken sast.«[5] Dem Juden bleibt also nichts anders übrig, als ihn beim H..schen[6] Gericht, der Gutsherrschaft *Hermanns*, zu verklagen. In der Zwischenzeit bis zum Gerichtstag hat sich dieser mit mehreren besprochen, und ist ihm von den Bauern, da es gegen einen Juden ging, gerathen worden, es darauf ankommen zu lassen; wie denn sein eigener Brodherr sich später ein Gewissen daraus gemacht hat, daß er ihm damals gesagt habe: »Ei wat wust du denn dat bethalen, eck schlöge ja leiver den Jauden vörm Kopp, dat hei den Himmel vor'n Dudelsack anseihe, et is ja man 'n Jaude!«[7]

Aber am Morgen des Gerichtstages beschwor der Jude sein Annotirbuch[8], und da er außerdem unbescholten[9] war, ward ihm der volle Preiß zugesprochen; da wollen Leute, die die Treppe herauf gingen, als Hermann von der Gerichtsstube herunter kam, gehört haben, daß er gesagt: »Töf, ek will di kalt maken!«[10] von welchen Worten ihnen das Verständniß erst nach dem Morde geworden.

Es war Abend geworden, als der Förster *Schmidts* quer übers Feld auf's Dorf zugehend, den Hermann an der Ricke[11] herauf nach dem Heilgen Geist Holz zugehen sieht, und, glaubend jener wolle noch spät Holz stehlen, ihm behutsam auf dem Fuß nachfolgt. Als er ihn aber nur einen Knüppel sich abschneiden sieht, und die Zackäste davon abschlagen, so sagt er halb ärgerlich bei sich: »I wenn du wie-

4 *Schinner* ndd. für ›Schinder‹, ›Abdecker‹, im übertragenen Sinne ›Ausbeuter‹, ›Leutequäler‹, ›Straßenräuber‹; *teve* ndd. für ›Hund‹ oder ›Hündin‹

5 »Du verfluchter Ausbeuterhund [*Schinnerteven*: wörtl. ›Schinder‹, ›Abdecker‹] von Jude, du willst mich nur betrügen, eh ich dir den halben Taler in den Rachen schmeiße, will ich mir lieber den kleinen Finger mit den Zähnen abbeißen, und wenn du mir noch einmal damit kommst, so schlag ich dir die Jacke so voll, dass du dein Lebtag an mich denken sollst.«

6 Haxthausenschen

7 »Ei was willst du denn das bezahlen, ich schlüge ja lieber den Juden vor den Kopf, so dass er den Himmel für einen Dudelsack ansieht, es ist ja nur 'n Jude!«

8 Notizbuch

9 ohne Vorstrafen

10 »Warte, ich werde dich kaltmachen!«

11 Geländer aus Holzstangen

der nix wult häddest, ase dat, so häddest du mi auk nich bruken dahenup to jagen«[12]; und die Flinte, die er auf den schlimmsten Fall zu schneller Bereitschaft unter den Arm genommen, wieder auf die Schulter hockend, geht er langsam die Schlucht herunter nach dem Dorf zu. Nahe davor zwischen den Gärten begegnet ihm der Jude Pinnes und bittet für seine Pfeife um etwas Feuer, welches man auch keinem Juden abschlagen darf, und weil der Zunder[13] nicht gleich fangen will, so reden sie vom Handel, und ob der Jud seine Fuchsfelle haben wolle, der aber: er könne jetzt nicht wieder umkehren und sie besehen, er müsse nach Hause; »ja«, sagte der Förster ihm das Feuer auf die Pfeife legend, »wenn du noch na Huse wust, so mak dat du vor der Dunkelheit dörch 't Holt kümmst, de Nacht meint et nich gut med den Minschen«[14].

Zwei Tage drauf des Nachmittags kommt die Frau des Schutzjuden Pinnes den Höxterschen Weg herunter ins Dorf, schreiend und heulend: ihr Mann läge oben erschlagen im Heilgen Geist Holze; und während die Leute zusammenstehn und es besprechen und einige den Weg heraufgehen, dem Holze zu, giebt sie es bei dem Gerichte an, und erzählt unter Schluchzen, als vorgestern ihr Mann nicht gekommen, gestern nicht, und auch heute Morgen nicht, habe sie sich aufgemacht, um hier im Dorf zu fragen welchen Weg er genommen, und als sie durchs Holz gekommen, sei auf einem Fleck viel Blut gelegen, und eine Spur davon habe ins nahe Gebüsch gewiesen, da sei sie neugierig gefolgt, meinend ein todwundes Wild sei da vielleicht hineingekrochen, da sei es ein Mensch gewesen, und ihr Mann, und todt!

Man bringt ihn auf einer Tragbahre ins Dorf. Er hatte siebzehn sichtbare Schläge mit einem Knüppel erhalten, aber keiner von sechsen, auf den Hirnschädel gefallenen, hatte diesen zersprengt, ohngeachtet sie so vollwichtig[15] gewesen, daß die Haut jedesmal abgequetscht war. Nur einer ins Genick und ein Paar in die Rippen waren

12 »Wenn du weiter nichts gewollt hast als das, so hättest du mich auch nicht dort hinaufzujagen brauchen!«

13 sehr trockenes Material, das durch Funken, die durch Aufeinanderschlagen von Feuerstein und Stahl erzeugt werden, zum Brennen gebracht wird (Vorläufer der Streichhölzer)

14 »ja … wenn du noch nach Hause willst, so mach, dass du vor der Dunkelheit durch das Holz [den Wald] kommst, die Nacht meint es nicht gut mit den Menschen«.

15 hier: sehr schwer, heftig

ihm tödtlich geworden. Die Haut in beiden Händen war abgeschält; (er hatte, wie sich später erwieß, mehrmals krampfhaft den zackichten Prügel ergriffen, der Mörder ihm aber denselben mit aller Gewalt durch die Hände gerissen daß die Haut daran geblieben).

Der Förster Schmidts war mit unter denen gewesen, die hinauf gegangen, und fand kaum 100 Schritt vor der Leiche auf dem Wege nach Ovenhausen rechts am Graben den blutigen Knüppel der seine Gedanken auf Hermann leitete; dann kam beim Gericht die Erinnerung an den Prozeß, und bald die Aussage jener die gehört, daß Hermann unten an der Treppe gesagt: ek will di kalt maken.[16]

Da gab das Gericht Befehl ihn zu arretiren[17], und weil man hörte, er sei seit ein paar Tagen nicht mehr beim Voigt in Ovenhausen, sondern bei seinem Vater in Bellersen, so setzte sich der Drost[18] Freiherr H..n selbst mit einem Reitknechte zu Pferde, und ritt von der einen Seite ins Dorf, während von der andern Seite die Gerichtsdiener auf das Haus des alten Winkelhannes zukamen. Der aber erzählte, als man niemanden fand, sein Sohn sei schon seit voriger Nacht fort, er wisse nicht wohin. Das war aber unwahr, denn Hermann erzählte später selbst: er habe die Gerichtsdiener aufs Haus zukommen sehen, da sei er durchs Fenster in den Garten gesprungen und habe sich in die Vicebohnen[19] versteckt, und habe das Suchen alles gehört, wie es dann still geworden, dann ein Paar am Gartenzaun sich begegnet, und der eine gesagt: da häwwet se en! worauf der andere: ach wat willt se'n häwwen, de is längest öwer alle Berge! wo sull he denn wal hen lopen sin? Ach wat weit eck, na Ueßen, na Prüßen, na Duderstat hen![20]

Der Jude lag indeß auf der Todtenbahre und seine Wunden öffneten sich nicht mehr, um bei Vorführung des Mörders zu bluten.[21]

16 »ich will dich kaltmachen«

17 einzusperren

18 Vorsteher einer Drostei (eines bestimmten Verwaltungsbezirks)

19 Veits- oder Schminkbohnen

20 »Da haben sie ihn! [...] Ach, wie sollen sie den haben, der ist längst über alle Berge! Wo soll er denn wohl hingelaufen sein? Ach, was weiß ich, nach Ueßen [wörtl. ›Kröten‹, Schimpfwort für Preußen], nach Preußen, nach Duderstadt hin (Stadt in Niedersachsen bei Göttingen, hier: Redensart für eine weite Flucht?).

21 Im Mittelalter und in der frühen Neuzeit wurde versucht, Mordverdächtige durch die sogenannte Bahrprobe zu überführen. Trat der Verdächtigte an die Bahre und die Wunden des Opfers begannen wieder zu bluten, galt die Schuld als bewiesen.

Da kamen die Verwandten und Glaubensgenossen, ihn zum ehrlichen Begräbniß abzuholen, und während der Rabbiner ihn in den Sarg legen und auf den Wagen laden läßt, stehen der Bruder und ein paar andre Juden beim Drosten H..n und bitten ihn nach einiger Einleitung, »se hatten 'ne grause Bitte an er Gnoden.« – Nun und worin besteht die? wendete der Drost ein. »Er Gnoden müssen's uns aber nich vor übel nehmen, da is der Baum wo unser Bruder bei erschlagen, da wöllten mer se bitten, ob se uns erlauben wollten in den Baum unsre Zeichen 'nein zu schneiden, wir wollens gerne bezohlen, fordern er Gnoden nur was se da vor haben wollen«. – »O das thut in Gottesnahmen so viel ihr nur wollt!« – »Nu mer wollen allen Schaden ersetzen, verkaufen se uns den Baum«. – »Ach was, schreibt daran was ihr Lust habt, das thut dem Baum weiter nichts. Aber was wollt ihr denn drein schneiden, dürft ihr das nicht sagen?« frägt der Drost zurück. »Ach wenn er Gnoden es nich vor übel nehmen wollten, da ist unser Rabbiner der soll da unsere Hebräischen Zeichen nein schneiden, daß der Mörder, den unser Gott finden werd, keines rechten Daudes sterben soll«.

[Der Mittelteil des Textes berichtet davon, wie erbärmlich es dem Entflohenen in der Fremde ergeht, bis er schließlich auch noch in Sklaverei gerät. Im April 1806 kehrt Winckelhannes gebrochen in seinen Heimatort Bellersen zurück.]

[…]

Im Spätherbst kam er noch einmal zu dem Drost H..n, und auf dessen Frage, da er nach erhaltenem Almosen noch stehen bleibt, »ob er noch was besonders wolle?« klagt er erst nochmals seine Noth und bittet zuletzt flehentlich ob ihn der Drost nicht könne ganz zu sich nehmen, er wolle ja gern all die kleine Arbeit eines Hausknechts thun; das schlug dieser ihm aber rund ab, aus dem unangenehmen Gefühl einen vorsetzlichen Mörder unter dem Dache zu haben.

Als zwei Tage darauf der Domherr Carl H..n[22] früh auf die Jagd ging, kommt er über die Stoppeln an dem Pflüger Kerkhoff aus Bellersen vorbei, der ihm erzählt, sie hätten vor einer Stunde den Algierer im Kiel an einem Baum hangen gefunden. Da hat der Drost die Gemeindevorsteher zu sich kommen lassen und sie gebeten, dem Menschen, über dem ein ungeheueres Unglück am Himmel

22 Carl August Maria Freiherr von Haxthausen (1779–1864), Domherr in Corvey und Hildesheim

gestanden, nun auch ein ehrliches Begräbniß zu geben, und ihn nicht wie sonst Selbstmördern geschieht in der Dachtraufe[23] oder hinter der Kirchhofs-Mauer einzuscharren, welches sie auch versprochen und gehalten haben.

Erst nach 8 Tagen führten die einzelnen Fäden über seine letzte Geschichte und seinen Tod zu einem Knoten, der wie sein Schicksal selbst, das ihn überall an den unsichtbaren Fäden hielt, in seinem Tod gelößt ward.

Spät Abends an dem Tage als er von dem Droste jene abschlägige Antwort erhalten, pocht er in Holzhausen, 2 Stunden weiter, heftig an die Thüre des ersten Hauses am Wege rechts, und als ihm aufgemacht und er gefragt wird, was er wolle, stürzt er leichenblaß und in furchtbarer Angst ins Haus, und bittet um Gottes und aller Heiligen Willen, ihn die Nacht bei sich zu behalten; und auf die Frage, was ihm denn in aller Welt wiederfahren, erzählt er, wie er übers Holz gekommen habe ihn eine große lange Frau eingeholt und ihn gezwungen ein schweres Bund Dörner[24] zu tragen und ihn angetrieben wenn er still gestanden, da hätten sich die Dörner ihm alle ins Fleisch gedrückt, und er hätte an zu laufen gefangen, und sei so keuchend in großer Angst vor's Dorf gekommen, da sei die Frau fort gewesen, und sie möchten ihn nur die Nacht behalten, er wolle den andern Tag wieder nach Hause. Früh fortgegangen, ist er gegen Mittag auf die Glaserhütte zur Emde gekommen, wo er oft Almosen erhalten, und hat um ein Glas Branntewein gebeten, und als er getrunken, um noch eins, da ist ihm auch das dritte gegeben worden, worauf er gesagt, nun wolle er nach Hause. Wie er aber an den Kiel gekommen, nicht weit von der Stelle, wo er vor 24 Jahren die Schuhe zur Wallfahrt ausgezogen, da hat er eine Leine von einem nahen Pflug genommen, und sich damit an einen Baum gehenkt und zwar so niedrig, daß er mit den Füßen das Herbstlaub unter sich weggescharret hat.

Als ihm einst der Drost die Geschichte mit dem Baum und den Zeichen die die Juden darein geschnitten erzählt, und wie sie bedeuteten, daß er keines rechten Todes sterben solle, hat er geantwortet: O dat sull ek doch nich denken, ek häwwe doch so lange

23 schützender Dachüberhang, auch Dachrinne
24 Dornen, dornige Äste

Abb. 5.: Bökendorf, Sitz der Familie von Haxthausen
Aquarell, wahrscheinlich von Annette von Droste-Hülshoff gemalt

davör Buße daen un häwwe vaste an minen Gloven halen, asse se meck överreen wullen, en abtoschwören.[25]

So hat der Mensch 17 Jahre ungebeugt und ohne Verzweifelung die härteste Sklaverei des Leibes und Geistes ertragen, aber die Freiheit und volle Straflosigkeit hat er nicht ertragen dürfen. Er mußte sein Schicksal erfüllen, und weil Blut für Blut, Leben für Leben eingesetzt ist, ihn aber menschliches Gesetz nicht mehr erreichte, hat er, nachdem er lange Jahre fern umher geschweift, wieder durch des Geschicks geheimnißvolle Gewalt zu dem Kreis, Ort und Boden des Verbrechens zurückgebannt, dort *sich selbst* Gerechtigkeit geübt.

Zwei Jahre nach seinem Tode ist jener Baum, worein die Juden ihre dunklen Zeichen geschnitten, umgehauen worden. Die Rinde aber hatte diese in den langen Jahren herausgewachsen, daß man ihre Form und Gestaltung nicht mehr erkennen konnte.

Wünschelruthe. Ein Zeitblatt. [Nachdr. Kraus Reprint.] Nr. 11–15. 5.–19. Februar 1818. S. 41 f., 46 f., 50 f., 55, 59 f.

25 »O, das soll er doch nicht denken, ich habe doch so lange dafür Buße getan und an meinem Glauben festgehalten, als sie mich überreden wollten, ihm abzuschwören.«

Auch wenn die Novelle *Die Judenbuche* bei ihrem Erscheinen im Jahr 1842 einige wohlwollende Rezensenten fand, so blieb doch das allgemeine Echo eher verhalten bis skeptisch. Dies lag vor allem an der Uneinigkeit der Kritiker über die literarischen Qualitäten des Textes. Die Aufnahme der *Judenbuche* in den *Deutschen Novellenschatz* von Paul Heyse und Hermann Kurz erfolgte deshalb erst im Jahr 1886. Damit gelang dieser Novelle nun endgültig der Durchbruch als Meisterwerk der deutschen Erzählkunst.

Theodor Fontane (1819–1898) schrieb an Richard Schöne am 30. Oktober 1890:

»Statt einer Woche habe ich nun einen ganzen Monat lang den 4. Band der Annette Droste in Händen gehabt. Entschuldigt werde ich vielleicht dadurch, daß ich nicht blos die ›Judenbuche‹, sondern fast das ganze Buch gelesen habe; nur die Gedichte und die Fragmente ›Bertha‹ und ›Joseph‹ habe ich mir geschenkt.

Was ich gelesen, verpflichtet mich wie zum Dank gegen Annetten, so auch zum Danke gegen Sie, hochgeehrter Herr Generaldirektor, der Sie mir die Bekanntschaft mit diesen mir fremd gebliebenen Prosaarbeiten der Dichterin ermöglichten.

Ist es mir gestattet ein Wort über die Sachen zu sagen, so würde ich der ›Judenbuche‹, so hübsch und bemerkenswerth sie ist (auch Heyse hat sie, wie ich bei Zöllner[26] erfuhr, in den Deutschen Novellenschatz aufgenommen) doch nicht gerade den ersten Rang einräumen, das spezifisch Westphälische darin, das Land und Leute Schildernde, hat man in dem Aufsatze ›Bei uns zu Lande etc‹ und in den ›Bildern aus Westphalen‹ noch besser und anschaulicher und das rein Novellistische kann ich nicht so sehr hoch stellen. Natürlich ist alles stimmungsreich und wirkungsvoll, solch Inhalt *muß* wirken, aber das Maaß der Kunst oder gar der Technik ist nicht hervorragend. Eigentlich enthält die ›Judenbuche‹ zwei Geschichten und das ist auf 50 oder 60 Seiten kein Vortheil; die Geschichte mit dem Onkel hätte, nach meinem Gefühl, verdient zur Hauptsache gemacht zu werden, und die Judengeschichte wäre dann ganz fortgefallen, wollte Annette aber lieber diese bringen, was auch vieles

26 Karl Zöllner (1821–1897), ein Schriftsteller und Freund Fontanes

für sich hat, so mußte das Voraufgehende mit dem Onkel nur ganz kurze Etappe[27] sein, nicht aber Concurrenzstück.«

Zit. nach: Winfried Woesler: Theodor Fontane über Annette von Droste-Hülshoff. In: Westfalen. Hefte für Geschichte, Kunst und Volkskunde (Münster) 47 (1969) S. 208.

Paul Heyse schrieb an Levin Schücking am 30. Juni 1875:

»Schon vor fünf Jahren, als ich mit unserm theuren gemeinschaftlichen Freund Hermann Kurz das Material für den deutschen Novellenschatz zusammenstellte, waren wir einig darüber, daß die ›Judenbuche‹ von Annette v. Droste-Hülshoff nicht darin fehlen dürfe, da die Sammlung gerade in der Absicht unternommen worden war, dergleichen vereinzelte kostbare Findlinge an einem allgemein zugänglichen Orte aufzubewahren. Damals versagte der Verleger seine Zustimmung. Er hoffte den ›Letzten Gaben‹ gerade durch diese Novelle eine größere Verbreitung zu gewinnen. Ich habe mich nicht enthalten können, jetzt, da der Nov. Schatz seinem Abschluß entgegengeht, nochmals bei ihm anzufangen, und Herrn Rümpler's Einwilligung in der That erhalten, mit dem Vorbehalt, daß auch Sie nichts dagegen einzuwenden hätten. Der Freund der Dichterin wird, wie ich glaube, meinen Wunsch theilen, dieser wundersamen und einzigen Erscheinung auch unter den Erzählern die gebührende Stelle eingeräumt zu sehen. Haben Sie die Güte, verehrtester Herr College, mich mit einer Zeile wissen zu lassen, ob keine mir unbekannten Gründe vorwalten, die der Aufnahme der ›Judenbuche‹ in unsern Nov. Schatz im Wege stünden [...].«

Zit. nach der Handschrift. Schücking-Archiv Haus Sassenberg, Deposit im Landesmuseum Münster.

Levin Schücking schrieb an Paul Heyse am 2. Juli 1875:

»Was den von Ihnen beabsichtigten Abdruck der ›Judenbuche‹ angeht, so sehe ich, falls Hr. Rümpler darein willigt, absolut kein weiteres Hinderniß dagegen, und gebe ich, wenn ich auch nur der Zusammensteller und Herausgeber des Buches war – das literarische Eigenthum gehört der Familie von Droste – also gar nicht gefragt werden brauche, sehr gern meine Einwilligung dazu.«

Zit. nach der Handschrift. Bayerische Staatsbibliothek München.

27 hier: Abschnitt

Überblickt man die bisherige Forschungsliteratur zur *Judenbuche*, so könnte man durchaus zum Schluss kommen, dass über diese Novelle bereits alles gesagt worden ist. Bei genauerer Betrachtung stellt sich jedoch heraus, dass sich einige Aspekte nicht eindeutig und endgültig klären lassen und deshalb auch immer wieder kontrovers diskutiert werden. Dies gilt insbesondere für die Frage nach der Gattungs- und Epochenzuordnung dieses Werkes. Das liegt wohl zum einen daran, dass sich die besondere Beschaffenheit des Textes einem normativen Gattungsverständnis verweigert; zum anderen offenbaren die Schwierigkeiten bei der literaturhistorischen Einordnung die Unzulänglichkeiten des Epochenbegriffs. Zwei Lexikoneinträge bzw. Definitionen können hier weiterhelfen:

»**Erzählung,** Sammelbegriff für narrative[28] Texte mittleren oder kürzeren Umfangs bzw. eher ungenauer Begriff für eine spezifische Erzählgattung neben genauer definierten Gattungen wie Novelle, Märchen, Kurzgeschichte usw. Entsprechend vage blieb die Begriffs- und Gattungsgeschichte. Im 18. Jh. führte die Abgrenzung von der Verserzählung zu einer ästhetischen Aufwertung der Prosaerzählung, wobei im Folgenden wenig Unterschied zwischen den Bezeichnungen E., Novelle und selbst Roman gemacht wurde. So konnten Texte als E.en bezeichnet werden, die heute eindeutig als Romane gelten (Otto Ludwig, *Zwischen Himmel und Erde*, 1856; Adalbert Stifter, *Der Nachsommer*, 1857). Seit der Etablierung eines Gattungsbegriffs Novelle durch Paul Heyse u.a. dient der Begriff E. v.a. der Abgrenzung.«

Volker Meid: Erzählung. In: V. M.: Sachwörterbuch zur deutschen Literatur. Stuttgart: Reclam, 2001. S. 154.

»**Novelle.** Das lateinische Wort ›novella‹ bedeutet ›Neuerung in einem Gesetz‹. Daraus leitet sich italienisch »novella« ab, das eine Erzählung als Neuheit bezeichnet. In der Tat wird in einer Novelle eine, nach Goethe, ›sich ereignete, unerhörte Begebenheit‹ dargestellt. Meist geht es darum, wie das Schicksal eines Menschen in einer schwierigen Lage, in einer inneren oder äußeren Krise eine Änderung erfährt und plötzlich eine neue Wende nimmt.

28 erzählende

Oft bezieht sich dabei die Handlung auf einen Gegenstand, an dem sich der Einfluss des Schicksals besonders deutlich zeigt und spiegelt. Diesen Gegenstand nennt man auch den ›Falken‹ einer Novelle, weil in einer Novelle des Boccaccio die Liebesgeschichte eines Mannes durch einen Falken eine glückliche Wendung nimmt. In der bekannten *Judenbuche* von Annette von Droste-Hülshoff spielt die Rolle des ›Falken‹, also des Gegenstandes, in dem sich das Schicksal sozusagen ›verdichtet‹, die im Titel genannte Buche.

Die Form der Novelle soll knapp und straff sein und auf den Höhepunkt der Erzählung, den Wendepunkt, hinzielen. Insofern ist sie mit der Anekdote verwandt, hat aber auch Ähnlichkeit mit dem Drama, das ja ebenfalls straff zum Höhepunkt der Handlung hinstrebt und kurz ausklingt. Es ist deshalb kein Zufall, dass William Shakespeare (England) manchmal Novellen als Grundlage für seine Dramen verwendet hat. Novellen sind seit der Antike bekannt, aber erst mit der Renaissance wurden sie zu einem festen literarischen Begriff. Den ersten Höhepunkt erlebte die Novelle in der Sammlung von Erzählungen, die der italienische Dichter Giovanni Boccaccio zwischen 1348 und 1353 unter dem Titel *Decamerone* herausgab (Italien). Hier erzählt sich eine Gruppe von Menschen, die vor der Pest aus Florenz geflohen ist, an zehn Tagen reihum interessante Geschichten um sich die Zeit zu vertreiben. Die Unterhaltungen der Leute bilden dabei den ›Rahmen‹, in den die Novellen eingebettet sind.

In der Romantik wurden die Novellen Boccaccios wegen ihrer Behandlung des ›Unerhörten‹ und ihrer stofflichen Vielseitigkeit wieder entdeckt. Als Erster nahm Goethe in den *Unterhaltungen deutscher Ausgewanderten* (1795) das Thema (Flucht) und den Aufbau (Geschichten in einer Rahmenhandlung) des *Decamerone* auf. Zwar gebrauchte er darin den Begriff ›Novelle‹ noch nicht, schuf aber doch typische Novellen ›sittlich-beispielhafter‹ Art. Später schrieb er (1827) ein Musterstück dieser Gattung in seiner *Novelle*, in der die Zähmung eines wilden Tieres durch ›frommen Sinn und Melodie‹ geschildert wird.

Schicksals- und Entscheidungsnovellen schrieb Heinrich von Kleist, so in der *Verlobung von San Domingo* und im *Michael Kohlhaas*. Bekannt sind auch die oft das Wunderbare und Unheimliche streifenden Novellen von E. T. A. Hoffmann, z. B. das *Fräulein von Scuderi*, *Das Majorat*, *Die Bergwerke von Falun* […].

Weitere wichtige Novellendichter sind: Jeremias Gotthelf (*Die schwarze Spinne*), Eduard Mörike (*Mozart auf der Reise nach Prag*), C. F. Meyer (*Der Heilige, Plautus im Nonnenkloster, Der Schuss von der Kanzel*). Ebenso bedeutend als Novellendichter ist Gottfried Keller, von dem so bekannte Novellen wie *Romeo und Julia auf dem Dorfe* oder *Das Fähnlein der sieben Aufrechten* oder *Kleider machen Leute* stammen.

In unserem Jahrhundert tritt die Novelle etwas zurück, doch finden sich auch hier hervorragende Beispiele wie der *Tod in Venedig* und *Mario und der Zauberer* von Thomas Mann oder *Bahnwärter Thiel* von Gerhart Hauptmann. Auch Werner Bergengruen, Stefan Andres und Gertrud von Le Fort sind als bedeutende Novellendichter hervorgetreten.«

Novelle. In: dtv-junior Literatur-Lexikon. Hrsg. von Heinrich Pleticha. Berlin/München: Deutscher Taschenbuch Verlag / Cornelsen Verlag, 1996. S. 63 f. – © 1986 Gemeinschaftliche Ausgabe: Cornelsen Verlag, Berlin und Deutscher Taschenbuch Verlag, München.

Als besonders schwierig erweist sich die Zuordnung zu einer bestimmten literaturgeschichtlichen Epoche, wie folgende Beobachtungen des Literaturwissenschaftlers Christian Begemann verdeutlichen:

»Nicht weniger disparat als die Zuordnungen der Erzählung zu einer Gattung fallen die zu einer Epoche aus. [...] Neigen die metaphysischen Deutungen, so darf man verallgemeinern, dazu, den Text der Romantik und mehr noch dem Biedermeier zuzuschlagen, so siedelt ihn seine Interpretation als Milieustudie und Kriminalgeschichte eher in der Vor- oder Frühgeschichte des Realismus an [...], zumal die Kategorie des ›Biedermeier‹ seit einiger Zeit stark umstritten ist [...].

Die ›realistische‹ Lesart der *Judenbuche*, die u. a. die Fiktion der Berichterstattung, die Genauigkeit der Wahrnehmung sozialer und regionaler Besonderheiten, die Stringenz[29] der Entwicklung des ›Helden‹ und die gelegentlich schon auf den Naturalismus verweisende Krassheit der Detailwiedergabe [...] ins Feld führt, handelt sich allerdings ebenso wie die Kritik an ihr [...] beträchtliche terminologische Probleme mit der Kategorie des ›Realismus‹ ein, die weit häufiger einfach vorausgesetzt als hinsichtlich der Besonder-

29 Geradlinigkeit

heiten der ersten Hälfte des 19. Jh. bestimmt wird. Zu klären wäre zunächst, inwiefern ›realistische‹ Aspekte des Erzählens, die es auch sonst in der Literatur der Restaurationsepoche[30] gibt, eine Zuordnung zum ›Realismus‹ als literaturgeschichtlicher Epoche erlauben. Die schon von Walter Silz […] vorgenommene Zuordnung der *Judenbuche* zu jener Spielart des Realismus jedenfalls, die die zweite Jahrhunderthälfte weithin beherrschen wird, zum ›poetischen Realismus‹ nämlich, dürfte schon mit Blick auf die verhaltene Rezeption seitens der poetischen Realisten selbst problematisch sein.«

Christian Begemann: Annette von Droste-Hülshoff: Die Judenbuche. Frankfurt a. M.: Suhrkamp, 1999. S. 107 f. –

30 Zeit nach dem Wiener Kongress 1815, in der nach dem Sieg über Napoleon u. a. zahlreiche Staatsgrenzen in Europa neu festgelegt wurden

7.1 Antisemitismus

Unterdrückung und Ausgrenzung von Juden war früher selbstverständlich und wurde nicht als Problem gesehen. Die besonderen Schwierigkeiten, denen sich die Juden in *Die Judenbuche* gegenübersehen, zeigen sich exemplarisch in einem anderen Text, nämlich in Wilhelm Raabes *Der Hungerpastor*, der 1864 erstmals in Buchform erschien. Dort taucht einer der ältesten und absurdesten Vorwürfe gegenüber Juden auf, sie würden Ritualmorde begehen, d.h. (christliche) Kinder schlachten und aufessen.

»In jenen vergangenen Tagen herrschte – vorzüglich in kleinern Städten und Ortschaften – noch eine Missachtung der Juden, die man so stark ausgeprägt glücklicherweise heute nicht mehr findet. Die Alten wie die Jungen des Volkes Gottes hatten viel zu dulden von ihren christlichen Nachbarn; unendlich langsam ist das alte, schauerliche Hepphepp, welches so unsägliches Unheil anrichtete, verklungen in der Welt. Vorzüglich waren die Kinder unter den Kindern elend dran, und der kleine, gelbe, kränkliche Moses führte gewiss kein angenehmes Dasein in der Kröppelstraße. Wenn er sich blicken ließ, fiel das junge, nichtsnutzige Volk auf ihn wie das Gevögel auf den Aufstoß[31]. Gestoßen, an den Haaren gezerrt, geschimpft und geschlagen bei jeder Gelegenheit, ließ er sich auch sowenig als möglich draußen blicken und führte eine dunkle, klägliche Existenz in der halbunterirdischen Wohnung seines Vaters.

An diesem Tage aber hatte ihn sein Unstern[32] doch mitten unter seine Peiniger geführt; und man hatte, wie gewöhnlich in solchen Ausnahmefällen, ihn in einen engen Kreis geschlossen. Was fiel dem Judenjungen ein, dass auch er den neuen Schnee sehen wollte? In der Mitte seiner Tyrannen stand Moses Freudenstein und reichte mit verhaltenen Tränen und einem Jammerlächeln die Hand, in welche jeder junge Christ und Germane mit hellem Hohngeschrei hineinspie[33], in die Runde. Es gab wenige Leute in der Kröppel-

31 wie junge Vögel im Nest auf die hochgewürgte Nahrung ihrer Eltern
32 schlechter Stern, Pech
33 hineinspuckte

straße, die nicht ihren Spaß an solcher infamen[34] Quälerei gefunden hätten. Keiner von den Gaffern in den Haustüren trat dazwischen, um der Erbärmlichkeit ein Ende zu machen. Man lachte, zuckte die Achseln und hetzte wohl gar noch ein wenig; es hatte eben wenig auf sich, wenn der schmutzige Judenjunge ein bisschen in seiner Menschenwürde gekränkt wurde. Hülfe[35] und Rettung sollten für Moses Freudenstein von einer Seite kommen, von woher er sie nicht erwartet hatte.

Hans Unwirrsch hatte bis zu dieser Stunde auch hier mit den Wölfen geheult, und was die andern taten, hatte er leichtsinnig, ohne Erbarmen und ohne Überlegung ebenfalls getan. Jetzt kam die Reihe an ihn, in die offene Hand des heulenden Judenknaben zu speien, und wie ein Blitz durchzuckte es ihn, dass da eben eine große Niederträchtigkeit und Feigheit ausgeübt werde. Es war ihm, als blicke das bleiche Gesicht des Lehrers Silberlöffel, der gestern begraben worden war, ernst und traurig über die Köpfe und Schultern der Buben in den Kreis. Hans spie nicht in die Hand des Moses! Er schlug sie weg und streckte seine Faust den Kameraden entgegen. Wild schrie er, man solle den Moses zufrieden lassen, er – Hans Jakob – leide es nicht, dass man ihm ferner Leid antue. Die Faust fiel auf die erste Nase, die sich frech näher drängte. Blut floss – ein verwickelter Knäuel! Püffe, Knüffe, Fußtritte, Wehgeheul! Wutgebrüll! Sausende Schneebälle, zerrissene Kappen und Jacken! Exaltierteste[36] Aufregung des pensionierten Stadtbüttels! Elektrisches Erzittern des spanischen Rohres[37] an der Wand! Übereinander und Durcheinander! Untereinander und Zwischeneinander! – Hernieder in den Laden des Trödlers Samuel Freudenstein rollten Moses und Hans, schwindlig, zerschlagen, mit blutenden Mäulern und verschwollenen Augen. Auch Moses Freudenstein hatte zum erstenmal in seinem Leben einen Schlag gegen seine Peiniger zu führen gewagt. Es war eine glorreiche Stunde, und ihr Einfluss auf das Leben von Hans Unwirrsch war unberechenbar im Guten wie im Bösen. Indem er aus dem wilden Gewühl der Gassenschlacht die Stufen in den Trödelladen hinabrollte, fiel er in Verhältnisse, welche unendlich wichtig für ihn werden sollten. In mehr als einer Hinsicht

34 niederträchtigen
35 Hilfe
36 Hochgeschraubteste
37 zum Prügeln der Knaben

entschied sich sein Schicksal an diesem Tage; eine ganz andere Welt tat sich vor seinen Augen auf. Es wohnten seltsame Leute in dem Keller, Leute, die auch ihren Hunger hatten und ihn nach Kräften zu befriedigen suchten, Leute, über welche die Kröppelstraße sehr mit Unrecht sich erhaben dünkte. […]

[Im Folgenden wird die Geschichte von Samuel Freudenstein erzählt.]

[…] Die Zeiten waren für jedermann hart und wurden immer härter, aber Samuel Freudenstein gehörte zu den Leuten, die jeder Windstoß nach Belieben dreht und wendet, und das kann unter Umständen trotz allem, was man dagegen sagen mag, ein großes Glück sein. Er verstand zu lavieren[38]; und durch alle Gefahren, alles Kriegswetter, Krachen und Poltern rettete er sich mit seinem Päcklein, zog im Sommer des Jahres achtzehnhundertundsechs durch das Rosentor zu Neustadt ein und wurde als Jude nach damaligem löblichem Gebrauch gleich dem eingetriebenen Schlachtvieh verzollt. Nach dieser lobwürdigen Gewohnheit konnten Zettel auf irgendeinem Steueramt in jeder beliebigen deutschen Stadt abgeliefert werden, auf welchen zu lesen stand:

›Heute am – Januar 178 – verzollt und versteuert am Kreuztor:
I. drei Rinder,
II. vierzehn Schweine,
III. zehn Kälber,
IV. ein Jüd, nennt sich Moses Mendelssohn aus Berlin.‹ […]

Dass die Kröppelstraße den Juden nicht mit den freundlichsten Augen ansah und sich ihm gegenüber nicht auf den Standpunkt des ›Liebe deinen Nächsten wie dich selbst‹ stellte, brauchte keine Verwunderung zu erregen; aber übertrieben war es doch, wenn die Mütter ihre hoffnungsvollen Sprösslinge vor dem Trödelladen warnten, dass sie behaupteten, man verfertige darin Würste aus dem Fleisch kleiner unartiger und unschuldiger Christenkinder und benutze dazu statt ihrer Därme ihre wollenen Strümpfe.

Auch für Hans Unwirrsch hatte einst die Idee, zu Wurstfleisch gehackt und in seinen eigenen wollenen Strumpf gestopft zu werden, nichts Verlockendes; als er aber mit Moses hinab in den dunkeln Laden polterte, war er über diese Fabel längst hinaus und sah sich nur sehr neugierig in dem geheimnisvollen Raume um, in den

38 sich durchzuschummeln

er bis jetzt nur ganz verstohlen von der Straße aus zu blicken gewagt hatte.

Aus der Finsternis des Hintergrundes hervor stürzten der Vater Samuel und die alte Esther, um den jetzt in lautes Geheul ausbrechenden Moses in die Arme zu schließen, auszufragen und zu beruhigen. Verwünschungen aller Art schleuderte Esther auf den Haufen in der Gasse, und als sie gar, bewaffnet mit einem Besen, einen Angriff darauf machte, stob er entsetzt nach allen Seiten hin auseinander. Mit traurigem Kopfschütteln ließ sich der Trödler das Geschehene auseinandersetzen, aber sein Zorn machte sich nicht in lauter Weise Luft. Er hatte in seinem Leben so viele Demütigungen hinunterschlucken müssen, dass es ihm auf eine mehr oder weniger nicht ankam. Aber dem Verteidiger seines Sohnes stattete er seinen Dank fast in einer Art ab, wie er es einem erwachsenen Mann gegenüber getan haben würde, und Hans fühlte sich höchst geschmeichelt und schenkte ihm seine ganze Hochachtung. Er genoss in dem dunkeln Hinterzimmer eine Tasse Kaffee und ein Stück Kuchen, fand auch hier manches, was seine Aufmerksamkeit erregte, und versprach sich und der Familie Freudenstein, die angeknüpfte Bekanntschaft fortzusetzen.

Wilhelm Raabe: Der Hungerpastor. Göttingen: Vandenhoeck & Ruprecht, 1966. S. 41–49. (Sämtliche Werke. Bd. 6.)

7.2 Literaturwissenschaftliche Ansätze: Gattungszugehörigkeit, Kriminal- oder Detektivgeschichte, Raubbau an Mensch und Natur, Uneindeutigkeit und eröffnendes Gedicht

Die Judenbuche gehört seit ihrer Aufnahme in den *Deutschen Novellenschatz* 1876 zu den meistgelesenen und am häufigsten interpretierten deutschsprachigen Texten des 19. Jahrhunderts. Folgerichtig ist die Forschungsliteratur zu diesem Werk reichhaltig. Sie zeichnet sich durch unterschiedliche, zum Teil einander widersprechende Deutungsansätze aus. Daran lässt sich nicht nur die Vielfalt der Aspekte, sondern auch die Deutungsoffenheit dieses Textes ablesen. Einige Ausschnitte aus der Forschungsliteratur sollen dies verdeutlichen:

Benno von Wiese (1903–1987) bezieht sich auf die Unterschiede zwischen den Vorstufen und der endgültigen Fassung der *Juden-*

buche bzw. auf eine symbolische Verwendung der Bäume und diskutiert die Gattungszugehörigkeit der Erzählung als Novelle mit epischem Charakter:

»Die Droste hat immer nur von der Kriminalerzählung Friedrich Mergel oder von dem Judenmord aus dem Paderbornischen gesprochen, der Untertitel nennt die Geschichte ›ein Sittengemälde aus dem gebirgichten Westfalen‹. Erst Hermann Hauff, der Bruder des Dichters und damaliger Schriftleiter des ›Morgenblatts für gebildete Leser‹, hat ihr nach der dreimal im Text vorkommenden Bezeichnung den Titel ›Die Judenbuche‹ gegeben. Aber dennoch wird sich niemand der Suggestion[39] dieses Titels entziehen können. Hier hat die dichterische Eingebung ihre Wurzel gehabt; in welcher Weise konnte sie in dem vielfältigen Gewebe der Erzählung ihre Gestaltung finden? Beschäftigt man sich mit den Vorarbeiten, so überrascht die Unbestimmtheit, mit der das durch die Erzählung hindurchgehende Dingsymbol hier noch behandelt wird. Die Bezeichnungen Buche–Eiche wechseln ziemlich willkürlich miteinander ab. Zwar ist das Gespräch zwischen Simon und seinem Neffen bereits in der ersten Fassung lokalisiert: ›Sie waren unter eine weitzweigige Buche (gelangt), die den Eingang der sehr schattigen Schlucht bildete‹; die Försterszene wiederum spricht von einer engen, grasreichen Talschlucht des Gebirgswaldes, in der wir Friedrich vorfinden, ›gelehnt an eine (breite alte) Buche, (in) deren jungen Blättern der Morgenwind mit leichtem flatterndem Geräusche umherstrich‹; der Förster selbst wird dann aber nicht an einer Buche, sondern mit Richtung auf eine Eiche den falschen Weg geschickt, und die Frau des Juden findet die Leiche ihres Mannes im Brederholz gleichfalls nicht unter einer Buche, sondern unter einer Eiche. Dieses offensichtlich noch recht wahllose Durcheinander in den zugeordneten Bäumen treffen wir in der endgültigen Fassung nicht mehr. Vielmehr lassen sich die entscheidenden Situationen – sie haben eine auffallende Ähnlichkeit mit dramatischen Szenen – durchaus mit der zunächst unmerklichen, dann immer deutlicher werdenden Baumsymbolik verknüpfen. Die Erzählung berichtet dabei nicht kontinuierlich in allmählichen Übergängen, sondern springt in einer dem Heldenlied und der Ballade verwandten Weise von Gipfel zu Gipfel. Nur kurze Übergänge liegen dazwischen.

39 hier: dem starken Eindruck

Darin zeigt sich die novellistische Kunst der Verdichtung. Die Deutung der Erzählung als ›Entwicklungsnovelle‹ scheint mir diese Stileigentümlichkeit zu verkennen. Dieser Ausdruck hebt die Novelle als Novelle wieder auf. Fast ganz wird auf die erklärenden Zwischenglieder verzichtet. Lediglich die wechselnde seelische Situation Friedrich Mergels wird intimer behandelt, aber nicht etwa durch ein Hineinleuchten in seine verschiedenen Seelenvorgänge, sondern gleichsam von außen in einer objektiv zusammenfassenden Beschreibung. Im ganzen bleibt die Dichterin immer beim Vorgang; das macht ihre Darstellung so ausgesprochen episch. Es ist freilich nicht *ein* Vorgang, auf den hier alles abzielt. Es sind vielmehr verschiedene, in Vorgang umgesetzte Situationen, die aber jedesmal eine Art Gipfelcharakter haben und die in ihrer Verknüpfung so etwas wie eine elektrische Kette ergeben. Wir werden noch zu zeigen haben, wie diese verschiedenen, zu Gipfelpunkten hochgeführten Situationen alle auf eine gemeinsame Symbolebene erhoben sind, von der aus gesehen sie alle eine einzige große Gipfelsituation bilden. Alles, was dazwischenliegt, wird nur angedeutet oder ganz weggelassen.«

Benno von Wiese: Die deutsche Novelle von Goethe bis Kafka. Interpretationen. Bd. 1. Düsseldorf: Bagel, 1956 [u. ö.]. S. 157 f.

Heinrich Henel (1905–1981) untersucht, ob es sich bei der *Judenbuche* tatsächlich um eine Kriminalgeschichte oder doch eher um eine Detektivgeschichte handelt:

»Nach Richard Alewyn hat [der Schriftsteller E. T. A.] Hoffmann (der ja selber Richter war) mit dem ›Fräulein von Scuderi‹ die erste Detektivgeschichte geschrieben, und auch ›Die Judenbuche‹ hat viel Ähnlichkeit mit dieser Gattung. Die Droste selber zwar hat ihre Novelle eine Kriminalgeschichte genannt, und auch dies Wort ist ihr oft ohne viel Überlegung nachgesprochen worden. Im Laufe des 19. Jahrhunderts haben sich zwei feste und klar geschiedene Formen der literarischen Behandlung von Verbrechen entwickelt, die Kriminalgeschichte und die Detektivgeschichte. Die eine erzählt den Hergang, die andere die Aufdeckung eines Verbrechens. Die Kriminalgeschichte macht den Leser zuerst mit dem Täter, dann mit der Tat, zuletzt mit den Folgen der Tat bekannt; sie interessiert sich für die seelischen Vorgänge, die zu der Tat geführt haben, und ist nicht ohne Teilnahme für den Verbrecher. Umgekehrt die Detektivgeschichte. Sie beginnt mit dem Auffinden der Leiche, rekonstruiert die Tat aus Indizien[40] und kommt am Ende dem Verbrecher auf die Spur; ihr Interesse gilt der geistigen Arbeit des Detektivs, so daß die Motive des Täters nur als Indizien oder zur Sicherung des juristischen Tatbestands (ob Mord oder Totschlag) in Betracht kommen. Die Unterscheidung der beiden Typen ist längst zum Allgemeinbesitz der Literaturwissenschaft geworden und in die gängigen Handbücher eingegangen. Wir haben nur hinzuzufügen, daß die Kriminalgeschichte einen allwissenden Erzähler braucht (denn nur er kann in die Seele des Täters blicken), während die Detektivgeschichte sich auf die Mitteilung empirisch feststellbarer Tatsachen beschränkt. Über Hoffmann sei hier nur gesagt, daß ›Das Fräulein von Scuderi‹ eine Ausnahme bildet; in den meisten seiner Erzählungen, in denen Verbrechen geschehen, geht es nicht um die Ermittlung des Täters, sondern um die psychologischen oder ontologischen[41] Hintergründe der Tat. Was ›Die Judenbuche‹ angeht, so trägt nur der erste Teil einige Züge der Kriminalgeschichte. Aufschlußreicher, schon für den ersten und noch mehr für den zweiten Teil, ist die Verwandtschaft mit der Detektivgeschichte. Wie in dieser werden unzusammenhängende Tatsachen in stückhafter Weise mitgeteilt, und das entscheidende Indiz wird bis zum Ende aufgespart.

Die strukturelle Ähnlichkeit zwischen der ›Judenbuche‹ und der Detektivgeschichte hebt nun aber auch die Unterschiede sehr deutlich hervor. In der Detektivgeschichte werden dem Detektiv allmählich alle die Tatsachen in die Hände gespielt, die einen lückenlosen Beweis ermöglichen und andersartige Vermutungen entkräften. In der ›Judenbuche‹ dagegen gibt es keinen Detektiv oder nur höchst ungeschickte und hilflose Detektive, und die erreichbaren Tatsachen sind lückenhaft, vieldeutig, oft sogar unzuverlässig – bloße Gerüchte oder Vermutungen der Zeugen. Die Aufgabe des Detektivs ist gewissermaßen auf den Leser übertragen, aber während jenem ein lösbares Rätsel gestellt ist, steht dieser vor einem unlösbaren. In der Detektivgeschichte ist der Indizienbeweis bloß Mittel zur Erzeugung von Spannung; in der ›Judenbuche‹ wird er zum eigentlichen Gegenstand der Erzählung, indem seine Zuverlässigkeit erprobt wird und indem er versagt. Die Droste, so könnte

40 Beweisstück, Verdachtsmoment

41 hier: sich auf das Sein, auf das tatsächlich Existierende beziehenden

man sagen, hat ernst gemacht mit der Detektivgeschichte, denn während der Erzähler eines Detektivromans alles nötige Wissen besitzt und es nur zurückhält und allmählich von sich gibt, bekennt der Erzähler der ›Judenbuche‹ sein echtes Unwissen. Der Detektivroman ist realistische Literatur, ›Die Judenbuche‹ erdichtete Wirklichkeit.«

Heinrich Henel: Annette von Droste-Hülshoff. Erzählstil und Wirklichkeit. In: Festschrift für Bernhard Blume. Aufsätze zur deutschen und europäischen Literatur. Göttingen: Vandenhoeck & Ruprecht, 1967. S. 151 f. –

Winfried Freund (1938–2011) deutet die *Judenbuche* als Text über den Raubbau an der Natur (Holzfrevel) und den Raubbau am Menschen (Trunksucht, Ausgrenzung aus der Gesellschaft, Gewalt, Verwahrlosung):

»›Die Judenbuche‹ ist eine Novelle vom Töten, von der vernichtenden Ausgrenzung bis hin zum mörderischen Auslöschen des Mitmenschen und der Selbstauslöschung. Die zeitliche Unstimmigkeit, daß Friedrich Weihnachten 1788 heimkehrt und sich im September desselben Jahres erhängt, erklärt sich aus symbolischen Intentionen. Im Unterschied zum wirklichen Judenmörder, der das fünfzigste Lebensjahr nicht erreichte, läßt die Droste Friedrich genau in seinem fünfzigsten Jahr sterben. Ähnlich wie in der Ballade ›Die Vergeltung‹ die Balkeninschrift 510 verweist hier die Fünfzig als Produkt aus 5×10 auf das fünfte Gebot aus dem Dekalog[42]: ›Du sollst nicht töten.‹ Aber gerade gegen dieses Gebot, gegen die Unverletzlichkeit des Menschen, seines Lebens und seiner Würde wird in der Novelle durch den mörderischen Umgang mit dem Mitmenschen fortlaufend verstoßen. Der Mensch greift zerstörend in die Natur und in das Leben der anderen wie in sein eigenes Leben ein und hinterläßt Verwüstung und Destruktion[43]. Mißachtung der Natur und des Lebens, Ächtung und Selbstverachtung bestimmen das Geschehen und das Verhalten der Menschen in einer Gesellschaft ohne sittliche Orientierung, ohne Achtung vor der Schöpfung.

Auf dem Hintergrund restaurativer Unterdrückung und Verengung und zunehmender materialistischer Tendenzen entwirft die

42 die zehn Gebote
43 Zerstörung

Droste im regionalen Modell einen radikal negativen gesellschaftlichen Zustand. Wo das Kollektive alles ist, muß das Individuelle verkümmern, wo der Schein herrscht, muß das Sein unterliegen, wo es unter Liquidierung[44] von verständnisvollen und versöhnlichen Haltungen nur darauf ankommt, sich allein selbst in seinem natürlichen und sozialen Lebensraum zu behaupten, ist Gewalt ein probates[45] Mittel, das sich im Fall des Scheiterns gegen den Scheiternden selbst wendet. Die Novelle schildert eine Welt jenseits von Menschlichkeit und Liebe, eine Welt, in der man nimmt, ohne zu geben, in der man umbringt, was einen selbst umzubringen droht, in der es nur Täter und Opfer gibt, echte menschliche Beziehungen, Interesse, Solidarität und Liebe aber ausgeschlossen sind. Die Novelle, von der Droste selbst ein ›Sittengemälde‹ genannt, erstellt den Gesellschaftsspiegel eines inhumanen historischen Zustands mit entlarvenden aktuellen Parallelen, sofern der zeitgenössische Leser bereit ist, illusionslos und selbstkritisch in den vorgehaltenen Spiegel hineinzusehen.«

Winfried Freund: Eine Novelle vom Töten. Die Judenbuche. Aus: Winfried Freund: Annette von Droste-Hülshoff. Was bleibt. Stuttgart/Berlin/Köln: Kohlhammer, 1997. S. 31 f. – Mit Genehmigung von Walburga Freund-Spork, Hövelhof.

»Jagd- und Holzfrevel, nächtliche Schlägereien und Schießereien gehören ebenso zum Alltag wie am Morgen die Zerschlagenen und Lädierten[46].

In dieses Umfeld stellt die Erzählerin ihren Helden. Die in einem aggressiven Klima erstarrten Lebensbedingungen lassen weder eine Öffnung noch eine Veränderung zu. Fern von jeder sozialen Ordnung, die jedem einzelnen vorbehaltlos eine Chance gibt, fördern die geltenden Verhältnisse eine scharfe Frontbildung zwischen Arm und Reich, Christen und Juden sowie zwischen Gesetz und Gewohnheitsrecht. Der ins soziale Abseits Geratene wird von der Gemeinschaft nicht aufgefangen, sondern endgültig an den Rand gedrängt und seinem Schicksal überlassen.

Das Elternhaus Friedrich Mergels ist sichtbares Zeichen für eine unaufhaltsam fortschreitende Verwahrlosung. Nur noch vereinzelte Spuren deuten auf den einstigen bescheidenen Wohlstand. Trunk-

44 Vernichtung
45 angemessenes
46 Verletzten, Beschädigten

sucht, vor allem aber die Gewalttätigkeit des Mannes haben die erste Ehe von Friedrichs Vater zerrüttet und den allgemeinen Verfall eingeleitet. Der Sohn aus zweiter Ehe findet sich bereits in hoffnungslos heruntergekommenen Zuständen und im gesellschaftlichen Abseits wieder.

Der Vater Friedrichs ist der erste Tote in der Novelle, Opfer der Trunksucht auf den ersten Blick, bei schärferem Hinsehen aber Opfer einer Gesellschaft, die den Schwachen ausgestoßen hat, statt ihm zu helfen, die ihn verkommen ließ, statt ihn aufzubauen. Mit der Muttermilch nimmt Friedrich die Vorurteile auf, die den Nährboden bilden für rechtloses Verhalten und Gewalt. Von der Mutter lernt er die fragwürdigen sozialen Einschätzungen, nach denen Juden und Förster offenbar tiefer in der Wertskala des Dorfs rangieren als die Einheimischen. Bedenklich tritt bereits hier die Tendenz zur Ausgrenzung entgegen, die sich nach innen gegen die Schwachen und nach außen gegen alles Fremde richtet.

Früh erfährt Friedrich, daß es vor allem darauf ankommt, stark zu sein, den anderen zu imponieren, und daß er dabei auf das Vorrecht des Ansässigen bauen kann. Die Lehren der Mutter lassen in ihrer heimatlichen Bornierung[47] eine schlimme Entwicklung ahnen. Müssen sie doch gerade bei dem auf fruchtbaren Boden fallen, dem die Ächtung durch die anderen Tag für Tag vor Augen steht und ihn stets neu die eigene Minderwertigkeit erleben läßt, so daß er sich nichts sehnlicher wünscht, als einmal ganz oben zu sein.

Mit dem Besuch Simon Semmlers, des Bruders der Mutter, setzt nach der Vorgeschichte die Haupthandlung ein. Scheinbar erhält der zwölfjährige Friedrich durch das Angebot des Onkels, bei ihm arbeiten zu können, eine Chance, aus der erdrückenden Enge der Verhältnisse und aus der sozialen Mißachtung herauszukommen. In Wahrheit aber setzt sich mit dem Einfluß Simons fort, was bei der Mutter seinen Anfang genommen hatte: die Initiation[48] in eine sittlich verwahrloste, von Vorurteilen, Verantwortungslosigkeit, Unrecht und Gewalt beherrschten Gesellschaft.

Von düsterer Sinnbildhaftigkeit ist die Szene im Brederholz. Die Stümpfe wahllos geschlagener Bäume bieten ein Bild der Verwüstung. Quer über den Weg, noch in vollem Laub, liegt eine frisch geschlagene Buche, und die breite Eiche auf der Lichtung markiert den

47 hier: Arroganz
48 Einführung

Ort, wo man die Leiche des alten Mergel gefunden hatte. Fällen und Fallen, gefällte Bäume und gefallene und fallende Menschen stehen in einem symbolischen Beziehungsgeflecht. Die Initiation Friedrichs führt nicht zu seiner Reifung und Vollendung, sondern bereitet seinen persönlichen Untergang vor. Baum und Mensch als Träger organisch gewachsenen Lebens sehen sich den Bedrohungen eines hemmungslosen Raubbaus ausgesetzt.

Friedrichs ungebändigter Ehrgeiz und sein Hang zum Großtun statten ihn bestens aus, in seiner Gesellschaft zu reüssieren[49]. Gerade die erfahrene soziale Zurücksetzung stachelt ihn zu übermäßigen Anstrengungen und zur Übersteigerung seines Selbstwertgefühls an. Ausschließliches Ziel bleibt, Achtung und Ansehen dort zu gewinnen, wo er bisher nur Geringschätzung und Ausgrenzung erfahren hat.

[…]

Mit der Erfahrung des schändlichen Tods seines Vaters vor Augen, eine Erinnerung, die ihn noch beim Gang mit Simon zusammenschrecken läßt, weiß er, daß nur der Starke, der, der sich brutal durchsetzt, in einer Gesellschaft überleben kann, die den Schwachen gnadenlos fallen läßt. Wer nicht niedergemacht werden will, muß andere niedermachen. Recht früh erkennt er, daß ausschließlich Geld und Gewalt dem einzelnen Respekt verschaffen können. Dabei spielt die Herkunft des Geldes keine Rolle. Wichtig ist lediglich sein Besitz.«

Winfried Freund: Friedrich Mergel. Aus: Winfried Freund: Annette von Droste-Hülshoff. München: Deutscher Taschenbuch Verlag, 1998. S. 112–115. –

Hannes Fricke (*1967) diskutiert die Schwierigkeiten, über den Handlungsverlauf und die Personen eindeutige Aussagen zu treffen (fast alles bleibt unklar und kann auch anders gesehen werden). Er bezieht diese Erkenntnis auf das am Anfang der *Judenbuche* stehende Gedicht, das genau solche eindeutigen Urteile auch verbietet. Er geht dabei vom »Niemand« Johannes Niemand und dessen Verhältnis zu Friedrich Mergel aus:

»In der *Judenbuche* der Annette von Droste-Hülshoff taucht wie aus dem Nichts eine höchst bemerkenswerte Figur auf, die man in ei-

49 Erfolg zu haben

nem ›Sittenbild aus dem gebirgigten Westphalen‹, das realistisch bestimmte Vorfälle zu schildern vorgibt, eigentlich nicht erwarten sollte: Johannes Niemand gesellt sich als alter ego[50] zu Friedrich, einer der Hauptpersonen der Novelle. Im Verlauf des Stückes wird es immer schwieriger, beide auseinanderzuhalten, auch andere Figuren des Textes bekommen dies zu spüren.

[...]

In Droste-Hülshoffs Werk sehen sich die beiden Figuren Johannes Niemand und Friedrich außerordentlich ähnlich: Margreth unterhält sich mit ihrem Sohn Friedrich über Johannes: ›,Nun –?' sagte Margreth. – ,Was willst du, Mutter?' – ,Wie heißt er weiter?' – ,Ja – weiter nicht – oder, warte – doch: Niemand, Johannes Niemand heißt er. – Er hat keinen Vater', fügte er leise hinzu.‹ (19,7–10). Es fällt schwer, sich an Johannes Niemand zu erinnern: Erst nach kurzem Überlegen fällt Friedrich der Nachname mit dem oben ausgeführten seltsamen Status[51] ein. Und die einzige Eigenschaft, die Friedrich dem Johannes zuschreibt, ist eine Eigenschaft, die ihm unter keinen Umständen zugeordnet werden kann, denn jeder Mensch hat einen Vater. Anscheinend soll durch die Nennung dieser Eigenschaft die Haltlosigkeit und die fehlende familiäre Verwurzelung des Johannes Niemand herausgestrichen werden.

Margreth hatte Johannes, bevor dieser in der beschriebenen Szene in den Raum tritt, erstaunlicherweise zuerst mit ihrem eigenen Sohn Friedrich verwechselt. Diese Szene kann man als Schlüsselszene für den gesamten Text sehen, denn dort heißt es: ›Als sie [Margreth] wieder in die dunkle Küche trat, stand Friedrich am Herde; er hatte sich vorn übergebeugt und wärmte die Hände an den Kohlen. Der Schein spielte auf seinen Zügen und gab ihnen ein widriges Ansehen von Magerkeit und ängstlichem Zucken‹ (17,9–15).

Sicherheit in der Identitätsfestlegung wird durch den auktorialen[52] Erzählgestus gewährleistet. Weder wird hier durch einen personalen Blickwinkel abgeschwächt (etwa: ›meinte sie, Friedrich am Herde zu sehen‹) noch durch eine Zurücknahme der auktorialen Erzählerrolle die Aussage relativiert (etwa: ›schien es so, als ob

50 wörtl. »das andere Ich«

51 »Niemand« ist eigentlich ein Indefinitpronomen bzw. gibt an, dass niemand (keiner) da ist.

52 allwissenden

Friedrich am Herde stehe‹). Entsprechend muss der Leser annehmen, Friedrich und niemand anderes stehe tatsächlich am Herd, bis der Text ihn eines anderen belehrt: ›Margreth stand still; ihre Blicke wurden ängstlich. Der Knabe erschien ihr wie zusammengeschrumpft, auch seine Kleider waren nicht dieselben, nein, das war ihr Kind nicht! und dennoch – ‚Friedrich, Friedrich!' rief sie. In der Schlafkammer klappte eine Schrankthür und der Gerufene trat hervor [...]‹ (17,31–18,2).

Durch die Zurücknahme wird der auktoriale Erzählgestus demontiert, denn ein allwissender Erzähler darf per definitionem – wie aber hier geschehen – keine Fehler machen. Daraus ergibt sich für den folgenden Text die Unmöglichkeit, Aussagen oder folgende Berichte des Erzählers ernstzunehmen, da er sich als unzuverlässige Instanz erwiesen hat [...].

Diese Missverständnisse und Fehleinschätzungen aufgrund von fehlerhaften oder nicht ausreichenden Informationen zeigen ein Grundprinzip der Erzählung auf, denn ständig wird falsch oder unangemessen geurteilt. Margreth selbst fasst dies zusammen: ›Was glaubt man nicht gern, wenn man so wenig hat und durch Unglauben dies wenige verlieren soll!‹ (20,33 f.). Die daraus resultierenden Doppelbödigkeiten und Unsicherheiten durchziehen die gesamte Novelle, nahezu alle Fragen bleiben offen: Ist Johannes Niemand tatsächlich das uneheliche Kind Simons? Wer hat jeweils die Morde begangen? Flieht Friedrich, weil er auf der Hochzeitsfeierlichkeit bloßgestellt wurde oder weil er Aaron ermordet hat? Warum flieht er, wenn er denn Aaron erschlug, erst drei Tage nach dem Hochzeitsfest, was psychologisch kaum zu motivieren ist? Warum kann der Gutsherr am Ende Friedrich an einer Narbe erkennen, obwohl von dieser in der gesamten Geschichte nicht die Rede war? Warum ändert der Gutsherr plötzlich seine Meinung, als der Erhängte im Baum gefunden wird, und erklärt nun diesen zum Schuldigen am Mord des Juden, obwohl der Brief des Gerichtspräsidenten den Gutsherrn vorher doch gerade dazu bewog, Friedrich für unschuldig zu halten, da eine andere Person den Mord an einem Aaron gestanden hatte? Und wer kommt zurück?

Offenheit und Unbestimmtheit scheinen demnach für den Text ein konstituierendes[53] Merkmal zu sein. [...]

53 grundlegendes

[Entsprechend] ließe sich der erstaunlich schnelle Umschwung am Ende der Erzählung erklären: Johannes Niemand als (vermeintlich) Unschuldiger an der Ermordung des Juden bietet keine Grundlage für eine Erklärung seines Selbstmords. Also muss der Schuldige am Tod Aarons der Heimkehrer Friedrich – als der der Tote auch erkannt wird – sein; da Selbstmord eine Todsünde ist, wäre Friedrich dann auch der Mord an dem Juden zuzutrauen. Der Selbstmord ist für die Gesellschaft unter keinen Umständen tolerierbar; deshalb erweist sich eine starke Stigmatisierung[54] als notwendig, denn nur als Schuldeingeständnis für den Mord ist der Selbstmord für die Dörfler zu verkraften. […]

Der Verlauf der Geschichte als beispielhafte Erzählung und ›Sittenbild‹ von vorschnellem Urteilen lässt sich dementsprechend unter das der *Judenbuche* vorangestellte Gedicht stellen:

> Leg hin die Waagschal', nimmer dir erlaubt!
> Lass ruhn den Stein – er trifft dein eignes Haupt! – (3,11f.)

Droste setzt damit ein Signal: Man soll – auch als Interpret – keinem der sich widersprechenden Urteile in der Erzählung vorschnell trauen. […]«

Hannes Fricke: Verschleierung der Struktur und Auflösung der Person: Nochmals zu Annette von Droste-Hülshoffs *Judenbuche*. In: Colloquia Germanica 32 (1999) H. 4. S. 309–324. – Mit Genehmigung von Hannes Fricke.

54 Ausgrenzung (oft durch ein äußerliches Merkmal)

8. Literaturhinweise

Ausgaben der *Judenbuche*

Annette von Droste-Hülshoff: Die Judenbuche. Mit sämtlichen jüngst wieder aufgefundenen Vorarbeiten der Dichterin. Hrsg. von K. Schulte-Kemminghausen. Dortmund 1925.

Annette von Droste-Hülshoff: Die Judenbuche. Hrsg. von Heinz Rölleke. Bad Homburg / Berlin / Zürich 1970.

Annette von Droste-Hülshoff: Die Judenbuche. Ein Sittengemälde aus dem gebirgigten Westphalen. Mit Anmerkungen von Walter Huge. Stuttgart 1975.

Annette von Droste-Hülshoff: Sämtliche Werke in zwei Bänden. Hrsg. von Bodo Plachta / Winfried Woesler. Frankfurt a.M. 1994.

Forschungsliteratur

Freund, Winfried: Annette von Droste-Hülshoff. Was bleibt. Stuttgart/Berlin/Köln 1997.

Fricke, Hannes: Verschleierung der Struktur und Auflösung der Person: Nochmals zu Annette von Droste-Hülshoffs *Judenbuche*. In: Colloquia Germanica 32 (1999) H. 4. S. 309–324.

Huge, Walter: Erläuterungen und Dokumente. Annette von Droste-Hülshoff. Die Judenbuche. Stuttgart 2001.

Marsch, Edgar: Die Kriminalerzählung. Theorie – Geschichte – Analyse. München 1983.

Mecklenburg, Norbert: Der Fall Judenbuche. Revision eines Fehlurteils. Bielefeld 2008.

Rölleke, Heinz: Annette von Droste-Hülshoff. Die Judenbuche. München 1997.

Völkl, Bernd: Lektüreschlüssel: Annette von Droste-Hülshoff. Die Judenbuche. Stuttgart 2010.

Inhalt